Kuan
Kuan
w/best
wishes
Marx
13-1-'87

腦袋開花

奇想花園66朵

文·圖 ● 管管

管管小傳

管管 管運龍，

中國山東青島膠州台北台灣金門桃園花蓮左營中壢楊梅大直新店人，

寫詩50年2個月零24天，

寫散文47年3個月零27天14小時，

畫畫36年4個月24天11小時，演電影30多年。

抽煙28年多（已戒，可憐可悲，可敬？）

罵人66年多（難以詳記），

唱大戲50年9個月8天，

看女人66年4個月11小時24分，

迷信鬼怪67年8個月13天13小時13分，

吃大蒜67年4個月24天。

好友108個，摯友36個，管鮑之交5、6隻而已。

朋友300多，仇人若干，

電影演了20多部，電視若干，舞台劇3個，

得過香港現代文學美術協會詩大獎及中國現代詩首獎，

詩集《管管詩選》三冊，散文《請坐月亮請坐》等四本，畫展多次。

一九八二年是愛荷華大學國際作家工作坊邀請的作家，

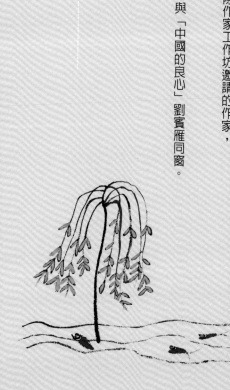

與「中國的良心」劉賓雁同窗。

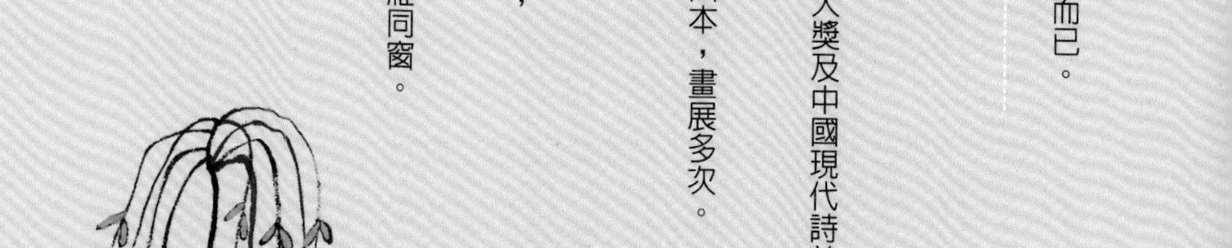

序

永遠的管管

白靈

這世上要是有什麼必不可少的詩人，管管必然是其一。他的詩絕、他的人絕、髮絕、衣絕、裝扮絕、表情絕、說話絕、唱腔絕、肢體動作絕，七十歲得子，絕，如今畫陶畫詩，佳作迭出，更是一絕。他對兩岸詩壇的詩人而言，永遠是站在高處準備為大家醍醐灌頂的那一位。

他之所以能為人所不敢為、寫人所不能寫，不知道跟他九歲大了還在喝奶是否有關？母親早就沒奶水，他仍然吵著要，他媽媽只好背著他「到村子裡找有奶水的年輕媽媽，要來一碗香甜的乳汁」，卻又不肯承認那是他要的，他是「一村子的母親們」一起養大的！這使得他永遠是個如假包換的「赤子」，懂得在詩中蝶來蝶去，無人抓得住他飛翔的行蹤，不知道下一刻又弄出個什麼新花樣來。他是永遠熱情燃燒在山頭的杜鵑，是永遠會冒「綠色火焰」之新芽的楊柳。絕不誇張，再冰涼如湖面的聚會場合，有管管在，很快就有「火苗」蔓延，甚至「冒煙」，他永遠會站在春天的這一端，探頭摸索整齣人生，不管一生是如何冰冷如何苦。

像他那一代來臺的詩人一般，他十九歲被抓去當兵，也行過中國大地、吃盡苦頭，青年歲月在金門槍林彈雨中逃過死劫，中年時在電影裡扮演配角遊戲人間、裝瘋賣傻，有若喝酒也吃肉的濟公；行年七十好幾又被「差點叫『管領風騷』」的小兒子「整個半死」，近年發了癲，「陶裡來」「畫裡去」，成果驚人。他的一生大概是兩岸三代詩人中「『過』一首詩」（痖弦語）過得最過癮的那一位。

但他的苦，別人是看不見的，讀他的詩，一如讀他的人，永遠天真拙樸、以「逗樂萬事萬物」為其宗旨，詩行中充滿了生機、趣味、和笑淚，有著絕大多詩人都難以表現出來的幽默(humor)。幽默，不純然是一種喜劇形式，其中其實滲透著悲劇，它是「通過世人看得見的笑和他們看不見也不明白的淚來直觀生活」（別林斯基語），是交融滑稽的喜悅和深刻的悲哀於一起的，是意有所指地揭露不合理的事物和現象，是自嘲地將自身的缺點率真而風趣地「示衆」，然後愉悅輕鬆地「與之訣別」的方式。

他那一代詩人由於被迫自家鄉流離出去數千里、隔絕數十年，一生只好不停地借助詩創作「稀釋」那濃得化不開的鄉愁，這是下兩代詩人永遠難以深刻體認的。也因此管管「從不肯」與任何事物有「隔絕」、有「分別心」，包括詩中對春天、楊柳、月亮、青蛙、螢火蟲、小河、烏鴉、蚊子、蝴蝶、花朵……等等看似眼前事物的描述，其實隱涵著童年家鄉每一吋泥土的記憶、和欲與之對話的企圖，他透過那些對話來推開時代強加予他的陰影，他借助對世間事物「一視同仁」之轉換視角的能力，來破除痛苦的情緒，以使負面事件轉化成為人人可接受的詩意。

因此當管管說「亂跑的蜜蜂是春天的鼻子」，他就是那春天的鼻子。當他說「戴眼鏡的魚兒／竟咬著綠頭髮的楊柳」，他就是那魚兒。當他說「哥哥的眼睛也著火了／燒呀 燒呀 燒呀 燒出／一座花轎來」，其實看新娘看到眼睛著火的是他。當他說螢火蟲「是挖夜這塊煤的礦工」，他就是屁股帶光的螢火蟲。當他說「他用剪刀剪下一塊藍色的海／想把它放在戈壁／敦煌說：『不可以，駱駝會生氣！』」，他就是硬生生被剪下的被「下放」的海。當他說雨中遠山「是張潑墨山水」，「被沖到小溪裡來了／只剩下一張雨濕了的宣紙／在半空中掛著」，他就是那張潑墨山水。當他說影子呀「熄燈之後你那兒都可睡」，他就是那影子。當他說「我要睡覺了／流星呀！把窗簾給我拉上／順便告訴一下蟾蜍先生／小聲選舉，不要吵」，他就是那發脾氣的流星。他不停地警醒我們對日子的不在意、輕忽、過度的緊繃卻又無能為力。

他的畫也如同他的詩，有「相同的脾氣」，線條勾勒自如、用色強烈大膽，包管讀者得心與腦「雙『管』齊下」，與之「一起大大地赤子之心」不可，否則他會忽焉出現在你背後，拊掌大笑你的「幽默」還有「進步的空間」。

管管以他的詼諧「帶淚含笑超渡了」這世界，並讓人與萬物宇宙之間疏離隔閡的可怕魔咒，在他的詩與畫中自動崩解。

每個人心中都該駐紮著這樣的管管，或大或小，永遠的管管。

（本文作者白靈爲詩人、台北科技大學副教授）

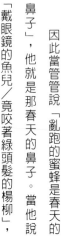

序

與世界在管管裡重逢

管管七十好幾了吧，卻總是活蹦亂跳，比他的小兒子還皮。

他熱愛寫詩，口袋裡藏把剪刀，伸手朝樹上、天上，剪下來都是詩。

他熱愛念詩，一開口很難叫他停下來，短詩可以唸成長詩，長詩可以演成一齣戲，即興發揮，鳳舞龍飛。

他還熱愛畫畫，熱愛山，熱愛月亮，熱愛朋友親人。透過他熱切而好奇的眼睛，我們找到了通往永恆童年的密道。所以我老覺得管管很小。

但是他的心胸卻很大，大到可以經常和自然萬物對話。我毫不懷疑他就像中國古代的公冶長、或德國神話裡的齊格菲，可以聽懂鳥語，甚至還有花語、草語、梧桐語、月亮語、影子語，而且隨時翻譯給我們聽。走在路上，我們通常只跟認識的人打招呼，但是你會發現，他誰都認識——不只那些草木鳥獸，連抽象的春夏秋冬，還有別人臉上的雀斑、自己家裡的馬桶，他都可以交朋友。

我們常說現代人關係冷漠，管管的詩卻像是一張四通八達的網絡，跟天地萬物都發展出各種無比自由的關係，或打情罵俏、或調侃嫌棄。他嘲笑減肥不成的月亮像隔壁的弟弟，羨慕自己的影子坐飛機

鴻鴻

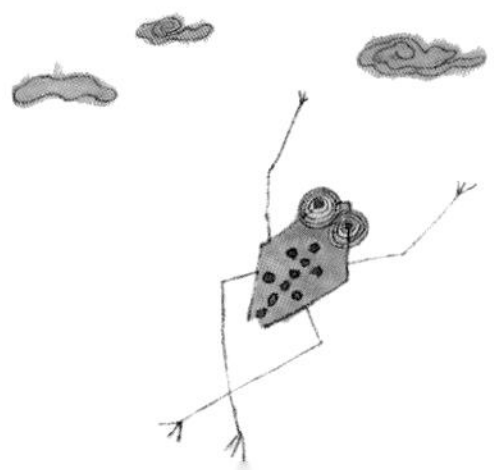

不用錢，看夕陽是一條煎爛的魚，把黃昏裁下來當尿布（兒子還不領情！）不像許多童詩強調教育意義，管管的詩肯定讓小孩大人同感輕鬆而開心，而且從不搭理那些什麼教訓什麼意義——這正是詩最可貴的地方。管管的詩重要的是「身教」而不是「言教」，是讓讀者發現一個不只萬物有靈、而且萬物之靈都可以與我們密切互動的豐饒世界。他的那些胡說八道，他的那些異想天開，那些熱烈如梵谷、溫柔如楊喚、愉悅如莫札特、瀟灑如李白的詩行，正是寫給世界的一封封情書啊！

在〈半面〉這首詩中，管管不斷揣想事物的另一面是什麼呢？彩虹的另一面、人生的另一面、傘遮住的另一面、地球的另一面……埋藏著什麼秘密？我以為，管管便是一再用探險家與發明家的想像力和膽識，帶我們朝被遮掩的另一面探去。未知的那一面、失去的那一面、渴望的那一面……那看不見的一面，其實有好多面。打開他的詩、他的畫，讓我們靜靜地，與世界在另一面重逢吧。

（本文作者鴻鴻為詩人及電影、劇場編導）

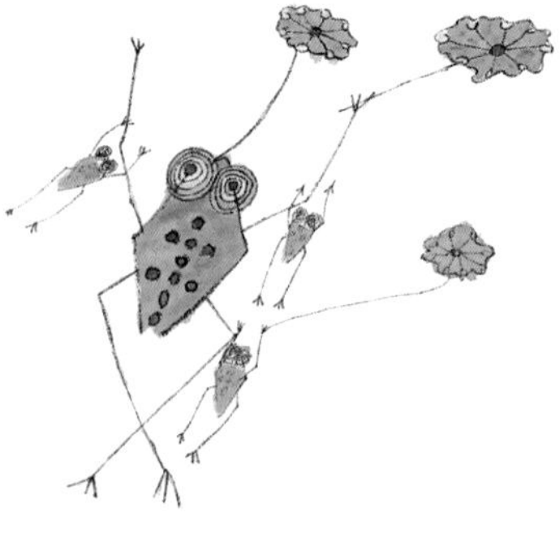

作者小序

少爺公主要叫這本書「腦袋開花」。
我和一位神秘證人想把這本書叫「月亮洗頭」。
開花也罷，洗頭也好，反正，裡面包的餡兒，有六十六種小巧散文詩餡，
再用六十六張小畫皮給包起來，是管領風騷樓小籠蒸餃，
跟鼎泰豐的口感不一樣，就是他爸爸的不一樣。

一個頭可以「開花」，一個腦袋可以「洗頭」，是怪，是酷，
光說沒有用，您試吃一下，
若吃不出頑皮調皮潑皮賴皮的味道，我賠一頓滿漢全席！
怎麼樣？吃出味道來了？上癮了？想喝一杯抽一枝了吧？
這也是我邪教園丁培植的六十六種奇花異朵也。
謝謝幫我捉蟲施肥的徐偉、碧員，以及我親愛的菁和小兒領風。

人比黃花瘦園丁　**管管**

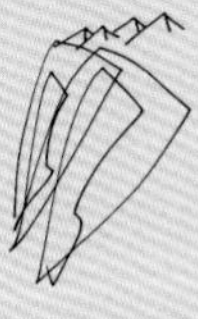

腦袋開花

＊奇想花園66朵

目錄

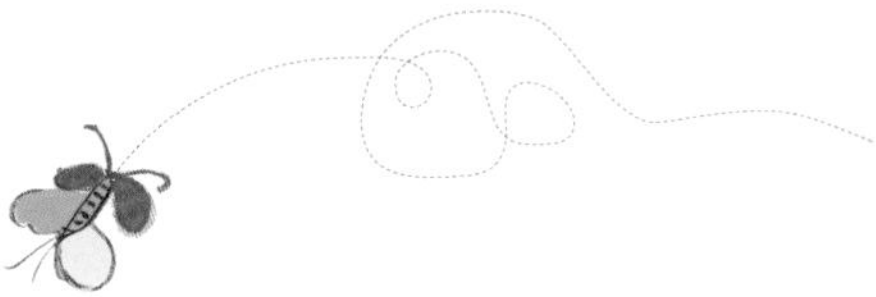

春天的鼻子

春天的嘴是什麼樣的嘴
小燕子呢喃是春天的嘴
春天的飛是什麼樣的飛
翩翩蝴蝶是春天的飛
春天的臉是什麼樣的臉
杏花李花是春天的臉
春天的手是什麼樣的手
垂垂楊柳是春天的手
春天的腳是什麼樣的腳
蒲公英就是春天的腳
春天的眼是什麼樣的眼
化冰的小河是春天的眼

春天的頭是什麼樣的頭
滿山杜鵑是春天的頭
還有鼻子呢
亂跑的蜜蜂是春天的鼻子

詩·的·觸·角

故鄉的春天，感覺很強烈，雪地裡小小的嫩芽，
又小心又勇敢地鑽了出來，天還冷著，但世界不一樣了，
植物開始有了新鮮的顏色，結冰的河也醒了，蝴蝶、蜜蜂到處招搖。
我的感官因為春天而蠢蠢欲動，想去看看、摸摸、嚐嚐、聞聞。
這首詩也是歌，用你的春天節奏唱唱吧！

春天的耳朵

蝴蝶　拉著春天長長的耳朵

蝶來了
他把春天的耳朵
放在一株杜鵑花上

又蝶去了
杜鵑呢？
就愁得一瓣一瓣地撕她的
頭髮瓣兒

詩·的·觸·角

仔細看過嗎？春天常常有一種薄霧，
蝴蝶飛過去的時候，翅膀後面好像拉出一些軟軟的線條，
那是風的線條，也是霧的線條。那線條是春天的耳朵，
蝴蝶要帶著春天的耳朵到處去聽聽。

楊柳鰍鱺

年青的楊柳學時髦
也染了一頭亂七八糟的黃綠頭髮

初春的媽媽實在看不下去
趕楊柳去湖裡梳洗一下
沒想到一個戴眼鏡的魚兒
竟咬著綠頭髮的楊柳
打起了鰍鱺
惹得鷺鷥直搖頭

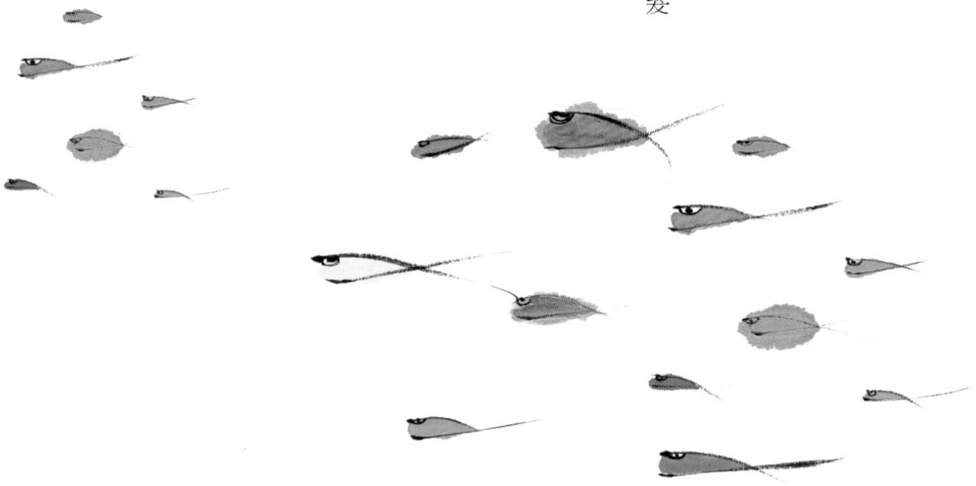

詩·的·觸·角

那時是秋日，景象有些蕭瑟，我在美國愛荷華大學附近的湖邊，
卻起了清醒的夢境。三個月的作客他鄉，內心很是寂寞，
刻意做了屬於台灣的，暖暖的湖邊春夢，有我熟悉的楊柳、鯉魚和鷺鷥。

春藤

纏來纏去
纏得我透不過氣來

放心　我是你的樓
跑不了的

茂盛的爬牆虎一寸一寸地把樓包裝起來了，我真喜歡植物包裝的房子。
當兵的時候，在金門蓋過許多碉堡，也住過許多碉堡，
夏天裡，石頭碉堡、水泥碉堡真是熱呀，人躲在裡頭就像悶烤地瓜。
後來在碉堡周圍種了牽牛花，讓一片綠葉紫花覆蓋，多了這層綠色包裝，
碉堡裡真是陰涼快活！沒事，我喜歡探出窗口，與藤漫天亂扯。

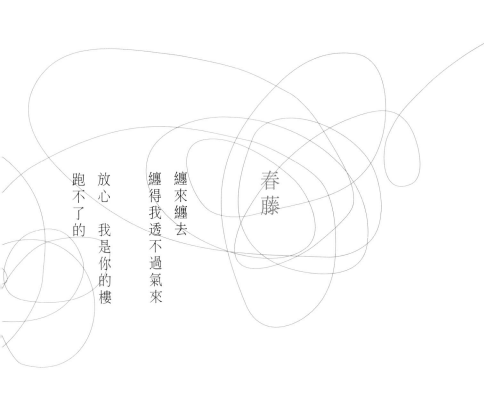

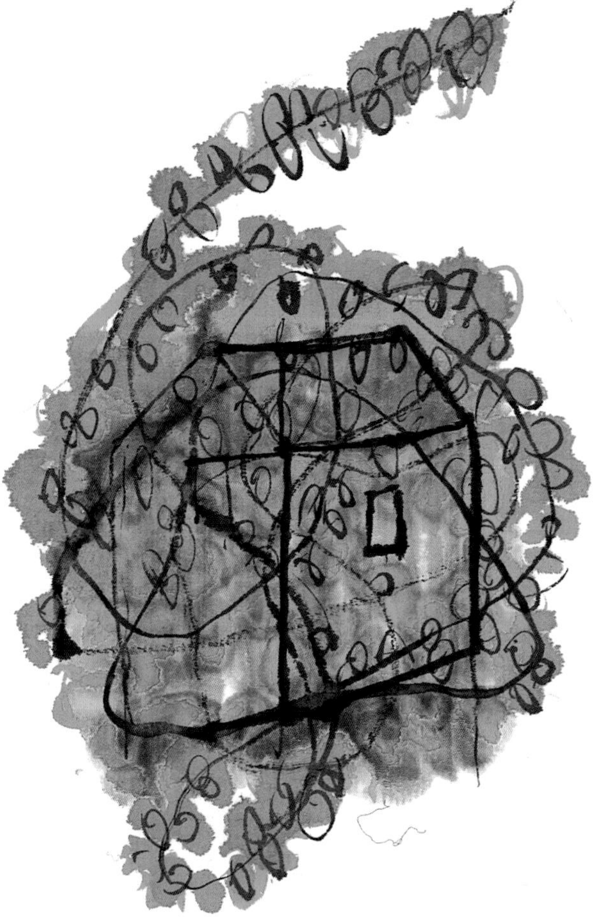

能不能留幾扇窗戶
讓我看看你的包裝藝術

楊柳之火

春雨那隻手給楊柳點起了一把火

燒啊　燒啊　燒啊　燒的
山的頭髮著火了
湖的眼睛冒煙了
哥哥的眼睛也著火了

燒呀　燒呀　燒呀　燒出
一座花轎來

詩‧的‧觸‧角

戀愛季節的春天，讓我想起抬花轎這件事。

16歲時寄住在青島田家村，這村有個習俗，年輕男子要輪番為新娘抬花轎，花轎一迎進村，嗩吶就開始變調、誇張地吹，抬轎的年輕人瘋狂搖擺，村人圍觀嘻鬧，唯獨那可憐的小新娘被晃得又暈又吐。

看完午夜場摸黑回來，路上出現好多螢火蟲，抓了一些貼在臉上，
沿途臉頰一閃一閃的，回到部隊竟嚇著站崗的衛兵舉槍對著我。
「啊！兄弟別急，我是管排長！」

四月

小雨們已經開始在嫩葉上練習跳板飛人了
準備去參加太陽馬戲團呢

那些在草上放風箏的螢火蟲兒
並沒有帶走戀人掉在草上的悄悄話

有人說螢火蟲是貓頭鷹的丫環
只是掌燈給老貓讀讀捕鼠的隨筆

「錯啦錯啦」蟾蜍說：「那是掌燈為我進晚膳」
螢火蟲笑笑說：「我只是挖夜這塊煤的礦工」

燕子與風箏

一根電線上站著很多燕子
幫瞎子阿炳寫「二泉映月」的曲子
一根電線卻吊著很多風箏
想飛卻飛不了的風箏

詩·的·觸·角

高壓電塔像個人，伸出一隻手、兩隻手、三隻手。

電線上總是有一整排燕子，她們像是美麗的音符，在樂譜上呢喃。

我們喜歡在空曠的草地上放風箏，很棒的畫面吧！只要電線沒卡住風箏，就好說。

【註】阿炳（1893～1950），民間音樂家，江南人，本名華彥鈞，34歲失明後，身背琵琶，手提胡琴在街頭演奏，人稱「瞎子阿炳」，「二泉映月」便是他著名的創作。

藍鵲夫妻在楓香道上築巢，大概是新手父母，巢築得既不隱密也不高。
我推著娃娃車經過，正巧遇上藍鵲寶寶在附近學飛學走路；
藍鵲媽媽真是兇，啄得我趕快跑，我連聲說對不起，
同樣為人父母，這心情我瞭解。

藍鵲媽媽

推著孩子散步
突然被一隻藍鵲
飛來啄了他的頭一口

這才看見一隻小藍鵲也在路邊散步
「對不起，小孩不知怕怕
可惹得藍鵲媽媽咬人
我還以為藍鵲媽媽要拿我的頭髮做窩呢」

花瓣窗

故意不關窗
讓野櫻的小女兒叫花瓣的
來我書桌上寫詩：

花瓣
花瓣花瓣
花瓣辧

花瓣
花瓣

花瓣
花瓣
花瓣
花瓣

花瓣
花瓣
花花瓣

花瓣
花瓣

我早早在書桌上鋪上一匹白絹
花瓣小丫頭兒你就大膽地寫吧
我這就去煮茶給你　花瓣解渴

詩·的·觸·角

早春，在書桌旁插了一枝山櫻，花瓣隨意落，不處理，就等她。

落花

落花湊在一起商議著
他們往後的日子怎麼過
清風把我們吹上天空去做花瓣風箏
可以讓我們去看看青海　黃海　藍海　白海
黑海　紅海　死海　裡海　愛琴海
萬一落下來我們可以跟鯨魚　海豚玩
或者把我們吹到西藏
去看看布達拉宮　藏羚羊
或者把我們吹到玉山上
看一下白雲的家鄉
或者讓我們走進泥土裡
明年春天又會爬到枝條上再開花

詩・的・觸・角

連花瓣都讓我欣羨，
至少他們也有一次飛的機會，在離開枝頭的時候。

蠶及其他

蠶用絲製衣裳
纏綿成一個叫
繭的女子

如果咬了自己出來
他的名字就叫蛾
綽號又叫飛天

如果不想咬破繭出來
就安安穩穩躺在繭裡
睡一輩子

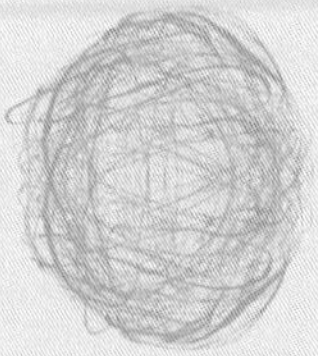

詩·的·觸·角

兒子開始養蠶寶寶，直到要吐絲了，就從盒子裡將他拿出來，
少了立體空間，平放在玻璃桌上的蠶，吐的絲也只能攤得平平的，
沒辦法把自己包捲起來。不能作繭自縛，就無法化蛹成蝶。

隨你便吧
你愛怎樣就怎樣
纏綿或者不纏綿
咬或者不咬

他不是蠶
也並非是繭
更不是纏綿或不纏綿
也不是飛蛾
更不是蝴蝶

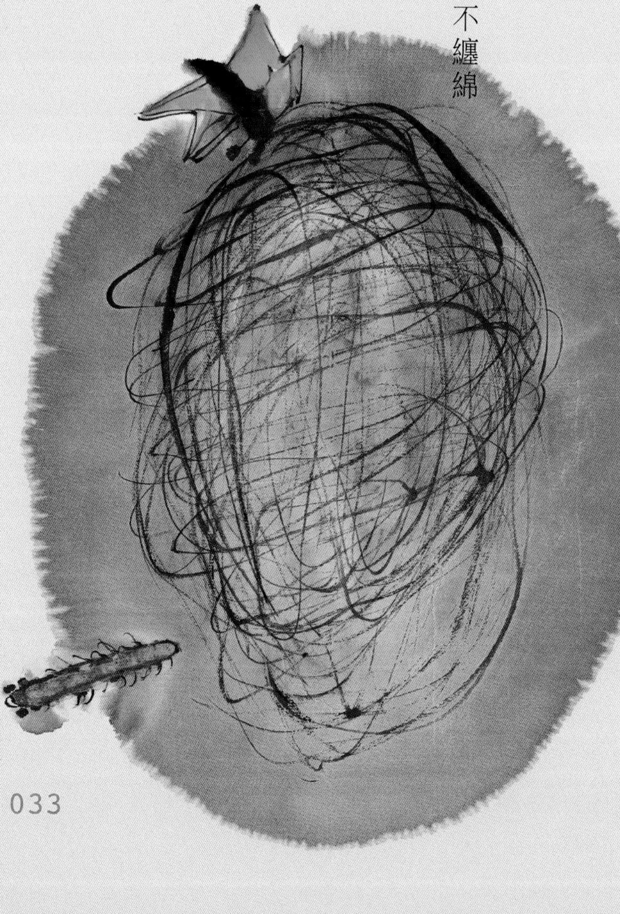

遇見了一隻貓

遇見了一隻貓在窗上
那是因為
一隻蝴蝶落在窗上
那是因為
窗的前方有一片野花長在窗上
那是因為
春天已經來到窗前很久

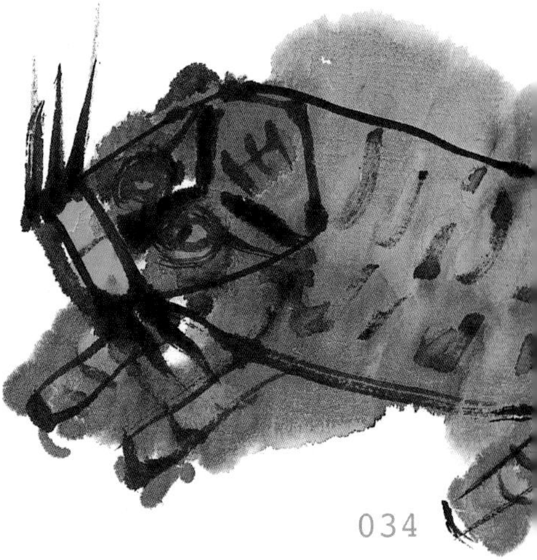

那是因為
冬天已經走了很遠在山後

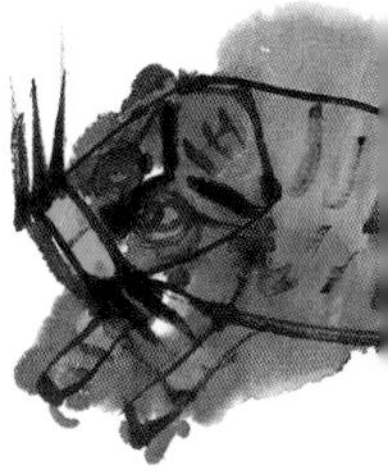

詩・的・觸・角

窗外一直有事發生，由近到遠，從一隻貓到一座山，
季節與生命在一個窗裡來來去去。

下放之海

他用剪刀剪下一塊藍色的海
想把它放在戈壁
敦煌說：「不可以，駱駝會生氣！」

詩·的·觸·角

「夜穿皮襖，晝穿紗，烤著火爐，吃西瓜」敦煌就是這樣子。
冷、熱、乾燥，讓人更渴望著山與海，
但沙漠要是變成海，駱駝要以哪兒為家？

放牛是我的憧憬，讓我想起牧童遙指杏花村，想起王冕，
想起十牛圖。這首詩可以念得團團轉。

放牛

孩子放牛

牛放草

草放山

山放雲

雲放孩子

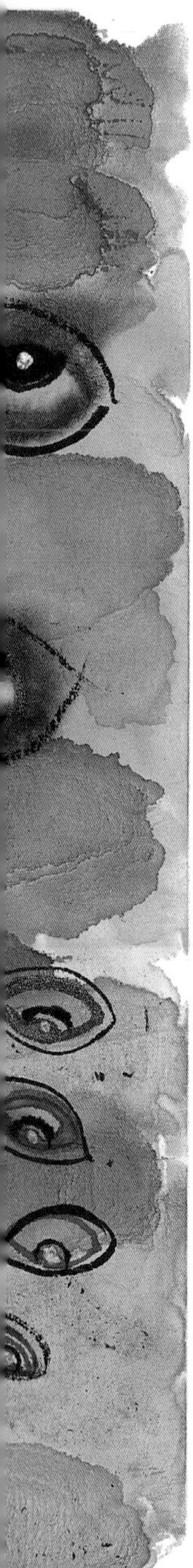

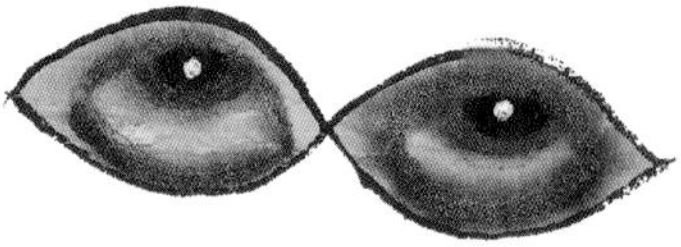

母親的臉

母親的臉是夏夜的藍空
夏夜的藍空是天上的繁星
天上的繁星是母親的眼睛
我抬頭她在看我
不抬頭她也在看我

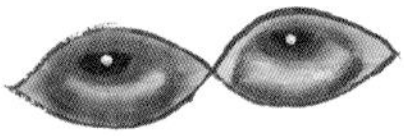

詩·的·觸·角

我愛喝奶，即使九歲大了，媽媽早就沒奶水，我仍然吵著要喝，
媽媽背著我到村子裡找有奶水的年輕媽媽，
要來一碗香甜的乳汁，但我又不願承認那是我要的。
十九歲離家，之後的每一天，我反覆想著十九歲以前和媽媽做過的事。

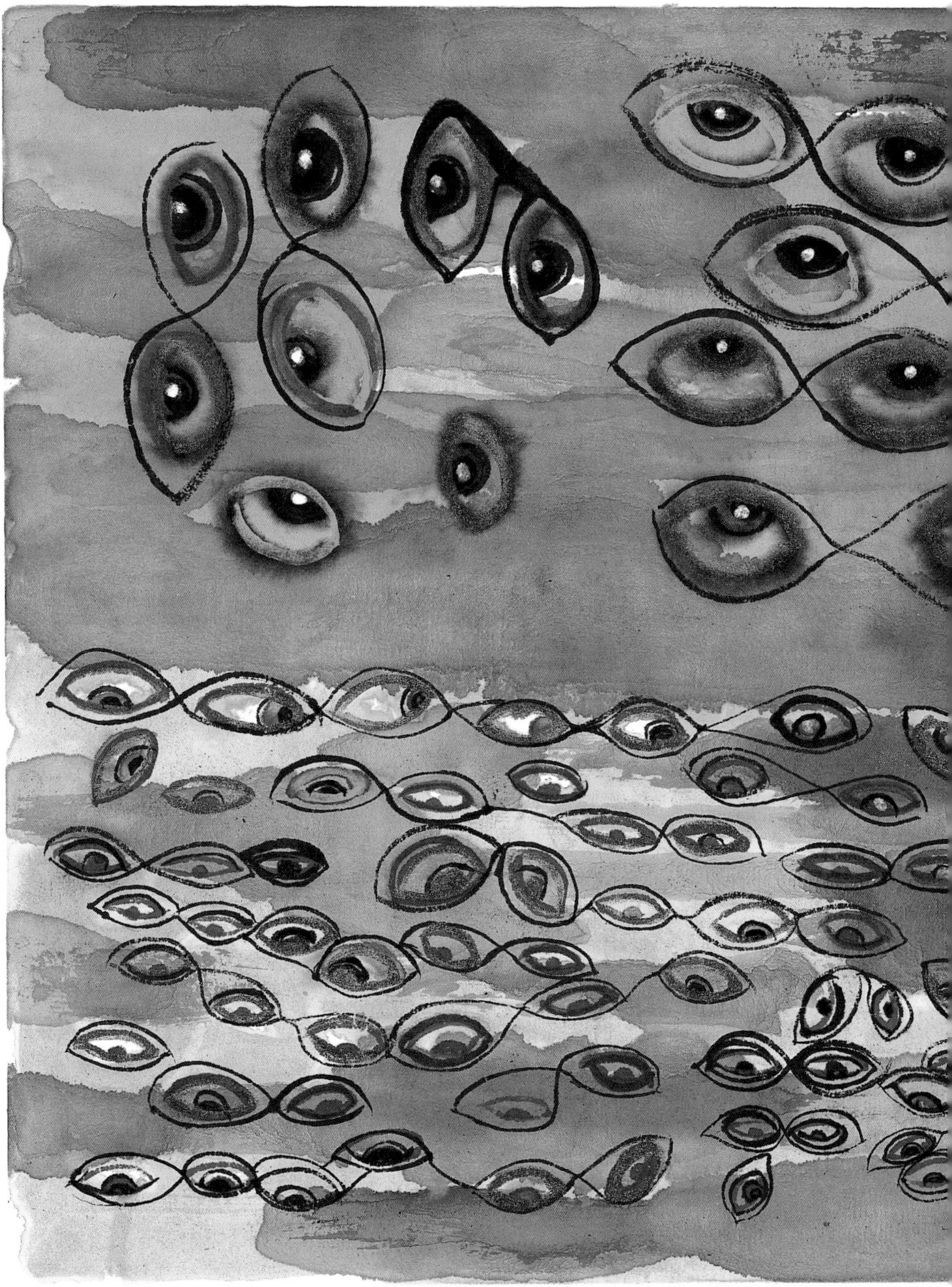

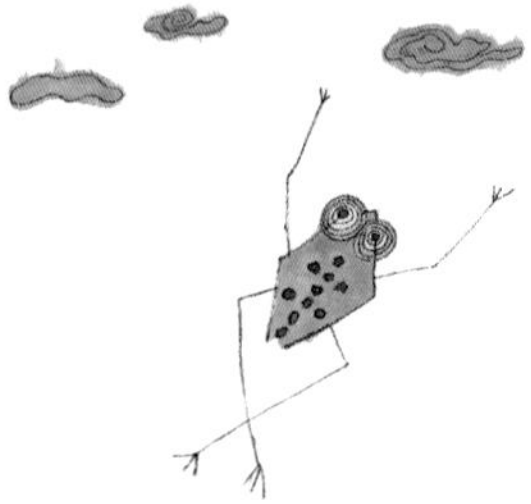

青蛙案件物語

我去澆花
發現躲在花葉深處
一隻綠色青蛙

這五樓之高
是怎麼爬上來的
青蛙？

放著樓下清淺長草的水溝不住？
跑上五樓陽台做什麼？
也許有個池塘躲在我家什麼地方？
或者我們家裡有隻青蛙？

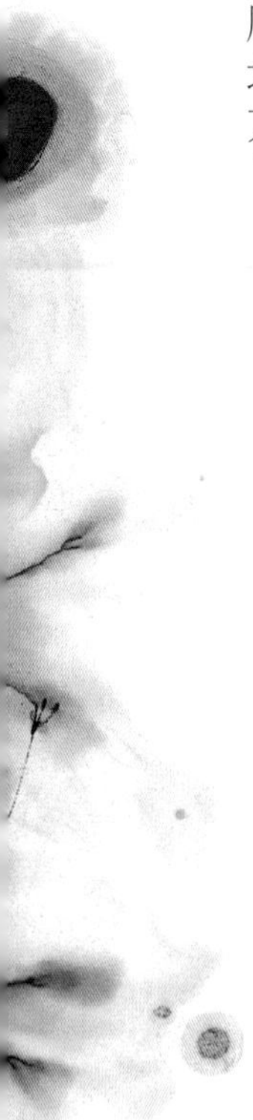

詩・的・觸・角

奇怪，青蛙也愛住高樓？難道真有會飛的青蛙，
還是搭上紫嘯鶇的便車？

記得好像偶爾聽到幾聲蛙鳴？
不對　我想那是在夢中
到底這青蛙是怎樣爬上來的呢？
難道青蛙會飛？
這麼說人也該會飛了？
是誰送來的一隻青蛙？
不會是人吧？
也許我們家是真的還躲著
青蛙？

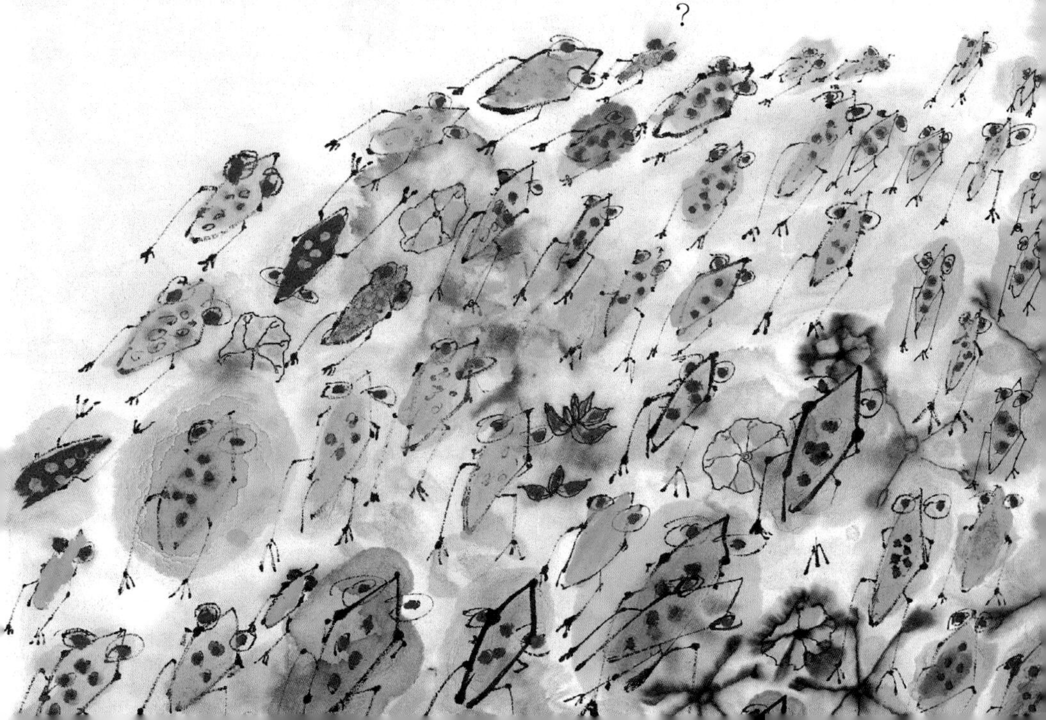

潑墨山水

小雨中的遠山是張潑墨山水
等雨漸漸胖起來
整個的一張山水都被沖到小溪裡來了
只剩下一張雨濕了的宣紙
在半空中掛著

偶爾會有一隻鳥自宣紙上飛出去！

等天晴紙乾時
我就在紙上畫上一些
似煙非煙似雲非雲
似樹非樹似山非山的東西

詩·的·觸·角

雨中的山最擅長水墨，說他有文人氣，其實也不，
只要靜靜看著他，這場即興創作就沒停過，山其實還滿愛現的！

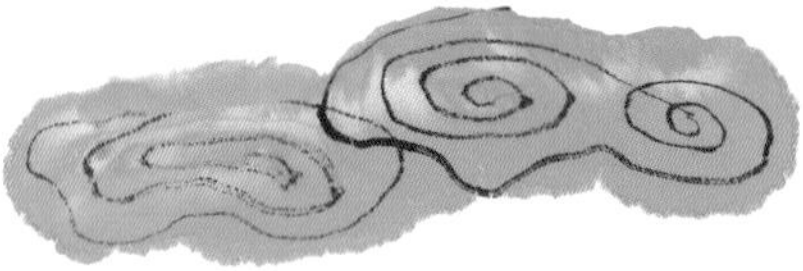

山與山

山跟山請雲來造橋
鳥是走在橋上的人
橋是走在河上的鳥
樹只好做橋下的水了

詩·的·觸·角

上山是雲和霧，下山是霧和雲，我沒看見山，山也沒看見我。
每次爬上一個山頭，就看見遠處有另一個山頭，
山跟山的頭離得還真遠。

森林小路

有一條小路很害羞
他老躲在森林裡不願意和你做朋友
我問媽媽小路為什麼會害羞
媽媽說小路說他很瘦不好意思見朋友
為什麼小路會很瘦？
因為森林把陽光都吃夠夠，小路吃不到陽光就很瘦
小路可以搬家！小路不要搬家！哈！
馬路上的車車太吵啦！

詩·的·觸·角

想去找大冠鷲住的地方，就這樣走進一條林中的小路。
經過一片野薑花、一小片農田，又鑽進桂竹林，再深入陰森森的雜木林，
路很細很長，沒看見大冠鷲，卻發現幾隻青蛇。

皺紋

海邊岩石的皺紋
是浪濤撫愛出來的

老松身上的皺紋
是雲霧撫愛出來的

媽媽臉上的皺紋
是子女撫愛出來的

兒子臉上的皺紋
是斷奶撫愛出來的

十九歲被抓去當兵，我看到媽媽臉上憂傷的皺紋；
大兒子三歲斷奶時，他坐在床上哭喊：
「我的老娘，再讓我喝一次吧！」也滿臉皺紋。
皺紋無關年紀，都是愛的衝擊。

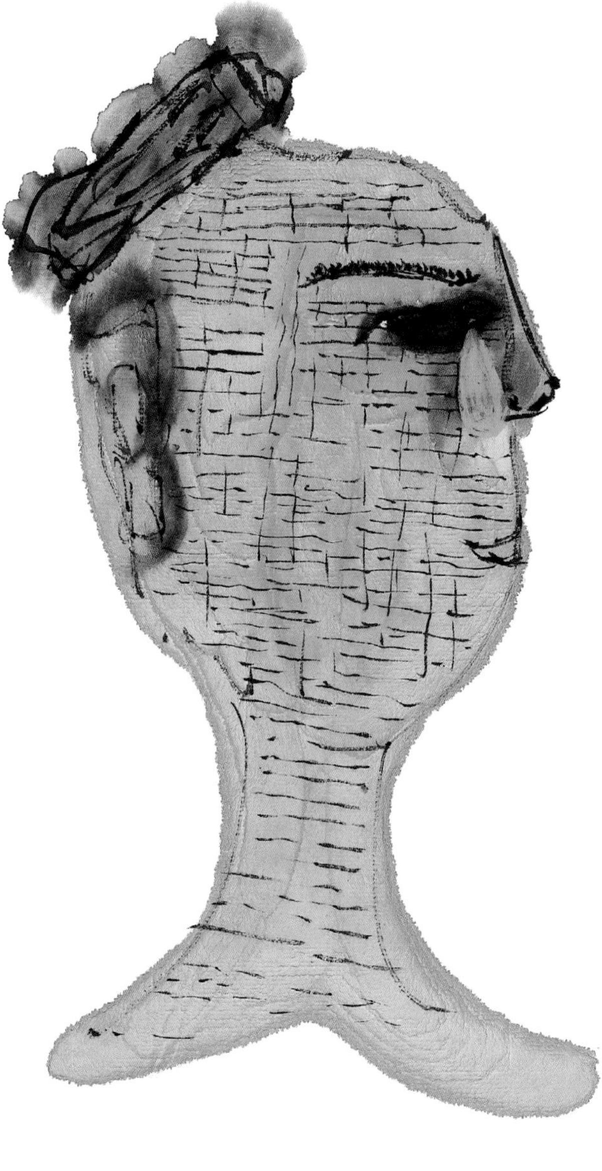

大膽的彩虹

一條彩虹真大膽
彎腰從橋身飛過
並且還敢在橋身打了個結
橋呢　伸了一下懶腰不吭氣

你猜這個橋
家住何處
是誰家的孩子

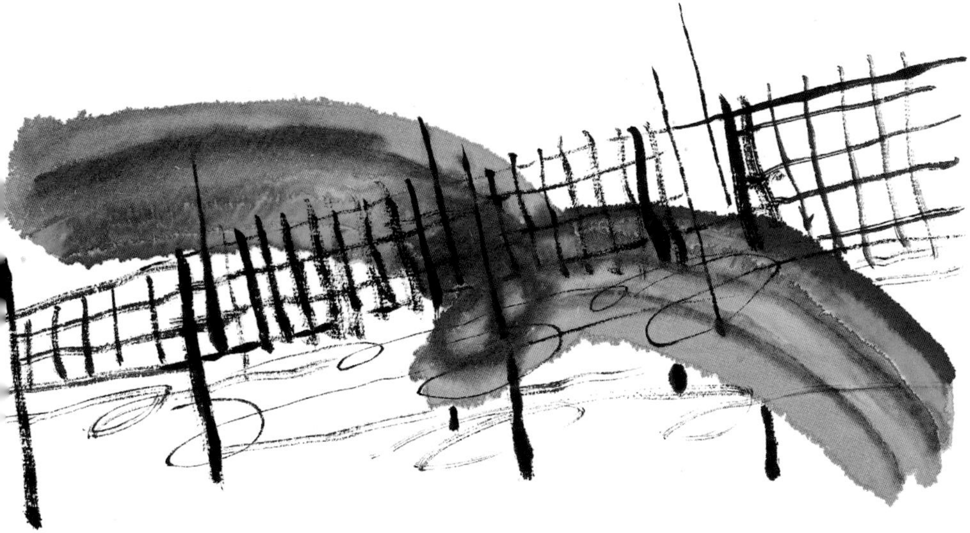

詩·的·觸·角

彩虹像絲帶，如果起了風，應該就會打個彩虹結；
如果他愛上一座橋，肯定也會在橋上打結。

半面

鳥聲摘落了晨霧
東方乃升起半弧的羞紅
那使我想起了昨夜，昨夜

總是猜想著，看不到的那一面是什麼？
具體的另一面，看不到；虛無的另一面，抓不到；
永遠不知道的那一面，給我恐懼，給我好奇，充滿想像。

104

台北市民生東路二段141號2樓

英屬蓋曼群島商家庭傳媒股份有限公司　城邦分公司

商周出版　收

商周出版

GREEN

商周 綠指環讀友服務卡

嗨！很高興你閱讀這本商周出版的綠指環自然叢書，這張服務卡能傳達你的需要和期望，也能讓我們不時爲你提供綠指環的最新出版訊息，誠摯邀請你成爲綠指環的讀友，並感謝分享與指教。

姓名：＿＿＿＿＿＿＿＿ 性別：□女 □男 民國＿＿＿年生

地址：＿＿＿＿＿＿＿＿＿＿＿＿＿＿＿＿＿＿＿＿＿＿

＿＿＿＿＿＿＿＿＿＿＿＿＿＿＿＿＿＿＿＿＿＿＿＿＿

電話：＿＿＿＿＿＿＿＿＿ 傳眞：＿＿＿＿＿＿＿＿＿

E-MAIL：＿＿＿＿＿＿＿＿＿＿＿＿＿＿＿＿＿＿＿＿＿

購買的書名：＿＿＿＿＿＿＿＿＿＿＿＿＿＿＿＿＿＿＿

你從何處知道本書？

□ 書店 □網路 □報紙 □廣播 □本公司書訊 □親友推薦

□其他＿＿＿＿＿＿＿＿＿＿＿＿＿＿＿＿＿＿＿＿＿＿

你通常以何種方式購書？

□書店 □網路 □傳真訂購 □郵局劃撥 □其他＿＿＿＿＿＿

你喜歡哪些類別的自然產品？

□ 動物圖鑑 □植物圖鑑 □鳥類圖鑑 □自然文學 □自然生活

□ 人物傳記 □知識百科 □博物誌 □兒童繪本 □文具禮品

□其他＿＿＿＿＿＿＿＿＿＿＿＿＿＿＿＿＿＿＿＿＿＿

對本書或綠指環書系的建議：

＿＿＿＿＿＿＿＿＿＿＿＿＿＿＿＿＿＿＿＿＿＿＿＿＿

葉的小手輕掩著蓓蕾的半面
棕櫚樹下有滴滴的啄聲遺落著

使我聯想到虹
虹的那面是怎樣的美呢
人生的那面是怎樣的美
使我聯想到傘
傘遮住的那面是怎樣的美呢
地球的那面是怎樣的美
使我聯想到童年，童年的那面呢
使我聯想到宇宙，宇宙的那面呢
使我聯想到我，我的那面呢

衣

月以雲做衣裳
梅以雪做衣裳
螢以夜做衣裳
蛙以荷做衣裳
山以鳥做衣裳

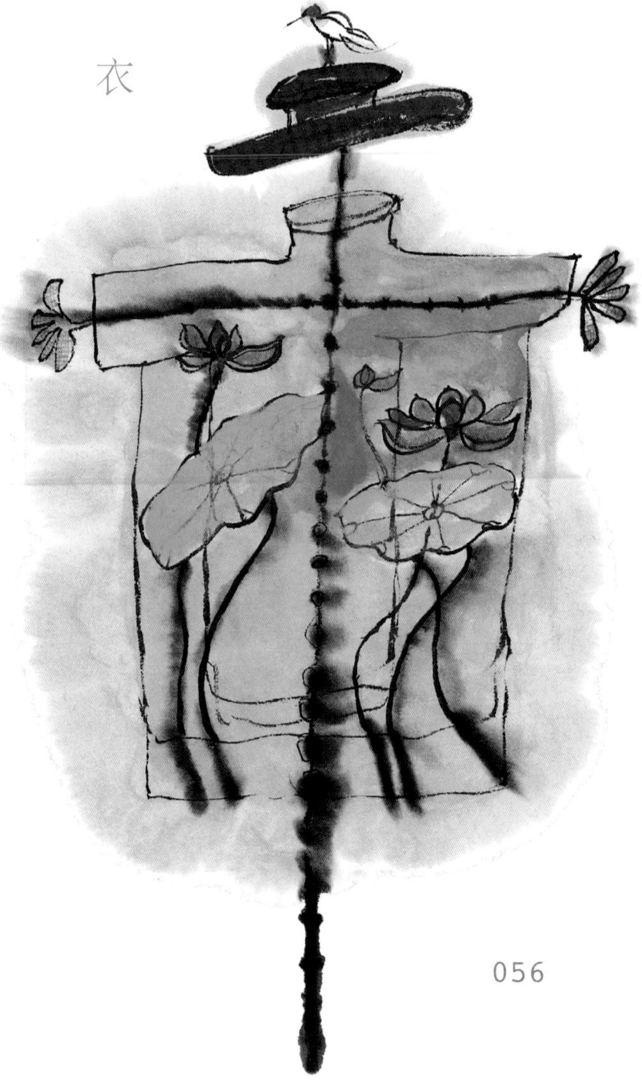

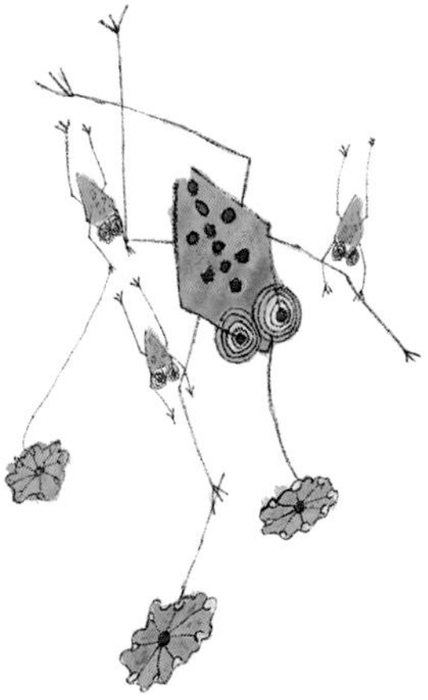

戰爭以死亡做衣裳
日以黃沙做衣裳
石以青苔做衣裳
鳥窩以樹做衣裳
河以霧做衣裳
愛以癡做衣裳
獨裁以魔鬼做衣裳

詩·的·觸·角

什麼材料做衣裳最是名牌？
雲做的衣裳、雪做的衣裳、鳥做的衣裳、荷花做的衣裳，比ARMANI還特別吧！

黃昏

那塊紫色黃昏一半留給山后人家
一半給菁菁做了裙子
剩下的給加加做了尿布了
加加說他不要黃昏做尿布

詩·的·觸·角

這膽大的人，竟看上黃昏這塊布料，他想起老婆愛做衣服、兒子需要尿布。
老婆的確喜歡帶著霞光的黃昏布料，但兒子可不要，
他說朝陽金光閃閃不更好？還可順便剪出兩個風火輪。

落日騎祖圖

祖父要騎著落日獨輪車回家
落日獨輪車把他丟在山溝裡
月亮把祖父牽回來
月亮正需要一匹拴在他家酸棗樹的後院裡的老狗回家
汪汪！回家！
汪汪！回家！

詩的觸角

落日的獨輪車是不讓人騎的，即使是那麼愛他的祖父。

還好月亮心腸柔軟，牽著祖父回來。但月亮也有自己的工作，沒空陪祖父，
祖父說，不如他就變成一隻老狗，拴在後院的酸棗樹下，
可以看家，也可以吃著讓人長壽的酸棗。
落日是兒子，女兒是月亮，這首詩其實是感慨著老人的淒涼晚年！

夜之棺

夜躲在那兒扮一口漆黑棺材
等著月亮住進來

詩·的·觸·角

夜是一口黑水晶棺材，本來是要給玉皇大帝住的，但一個不小心，他掉到人間。
這棺材黑得發亮，裡層還用了最高級的綢緞。
他經常邀請月亮來作客，可以照著弟弟上廁所不害怕，
照著姊姊談戀愛不被蚊子咬，這夜的棺材有了月亮，就熱鬧了。

彎月茶

躺在西天的彎月
趁我未注意，一個閃身　跳　進　我　的　茶　碗　裡
「放心，我只是泡一下湯，茶，還是您老喝。」
「不，你是要去碗裡捉　魚。」

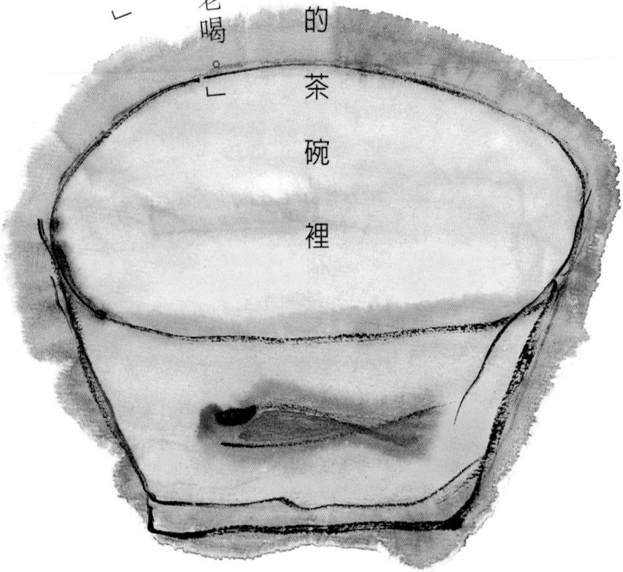

詩·的·觸·角

月夜屋簷下，茶碗裡沉著一片葉，像月又像魚。
今晚泡過茶湯的月色，特別黃，身上還有烏龍的味道。

對面山上的五支燈

對面的山上白天都是葉子
而且山也站得很近
可以拉著山的手玩

我不敢叫葉子也是一支一支綠色燈火
可以叫嗎？我的女兒

晚上卻看不見一隻葉子
而且山也站得很遠
據說山正跟蟋蟀們在玩

只有五支橘黃色的燈站在半空
我們才知道那是老山

有時有三支很亮
有時卻有兩支看不見
有時只有一支不眠

據說那是葉子們的手
遮住了那些燈的眼

也許
跟風有些兒牽連

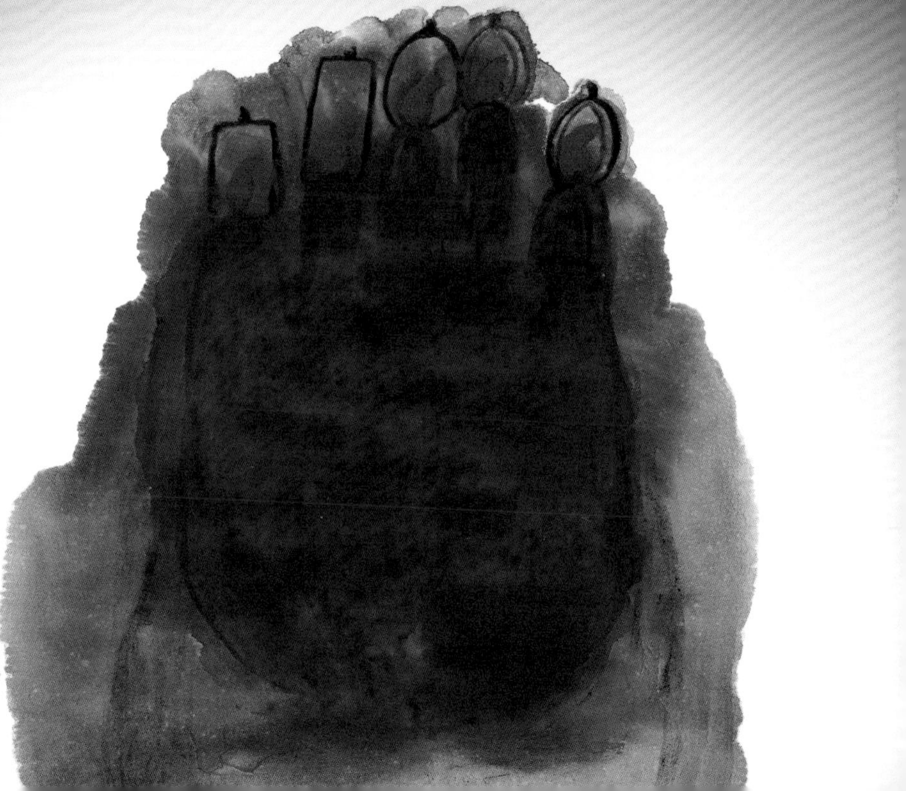

月亮洗頭

只有她敢把頭伸出窗外
要月亮的小手
給她洗頭
洗完就摘下來
掛在那棵柳樹上

詩·的·觸·角

有月亮的晚上，小窗突然伸出個頭，那是小女生的頭，
有長長的髮，月光撫摸她的髮，柔柔地梳洗。「妹妹，我給你洗頭吧？」
「好呀！」……「就先掛在那柳樹上晾乾吧！」……
「不行不行！頭離開我太久，我不舒服！」「別擔心，我先送個頭給你的身體」，
晾在柳樹上的頭說：「我的身體有了別的頭，叫我怎麼回得去？」
「別擔心，那個頭就請妹妹吃到肚子裡」。

月亮減肥

蘆葦說：「月亮太胖了」
月亮就開始
減肥

因為月亮嘴饞
不到一個月就又胖起來了
像隔壁的弟弟
沒有救了呀！月亮！

月亮對減肥完全沒信心。蘆葦建議她，若要減肥就只吃小星星，別吃大星星；但月亮哪裡忍得住，她還要木星、火星，以及帶著甜甜圈的土星。

月亮魔術師

一　月亮吃月亮

月亮是一隻自己吃著自己的無鼻無眼無嘴雌雄獸
吃光了又吐出來，吐出來又吃進去
雌吃著雄，吃瘦了又吐出來
雄吃著雌，吐出來又吃進去

二　月亮詩

月亮是女兒剛剛吞下的
一句詩

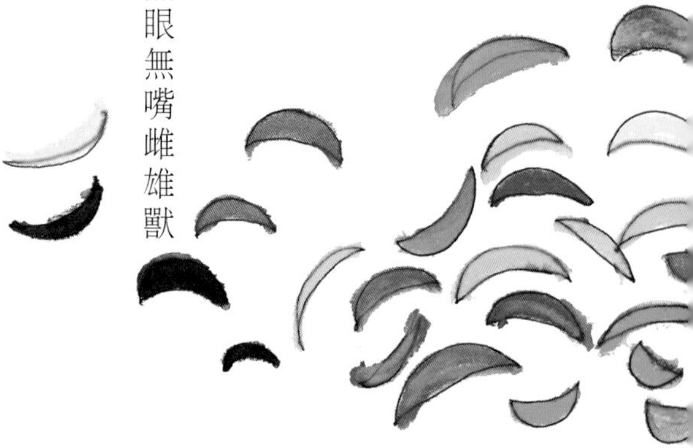

三 月亮梳子

月亮是貓閨房中的一把梳子
一把梳貓頭髮的梳子

四 月亮怪獸

月亮是躲在鄉間小路上的妖怪，你走他跟著你走
你不走，他又跳起來，你捉他他就把你抱起來
可以親嘴的妖怪

詩·的·觸·角

月亮是天上最厲害的魔術師，他的師父就是孫悟空，
不僅每天變形，還會隱身術；有時扮起天真浪漫的詩；有時溫柔得像母親，
用月光梳子整理貓咪的毛；有時變成調皮妖怪，沿路逗弄小孩子。

荷花是黑夜這個人
手裡提著的燈

且聽遠處蛙鼓鼕鼕
那就是青蛙給荷花念的經
一枝一枝的荷花
便是姓黑名夜這個人
手裡提著的燈

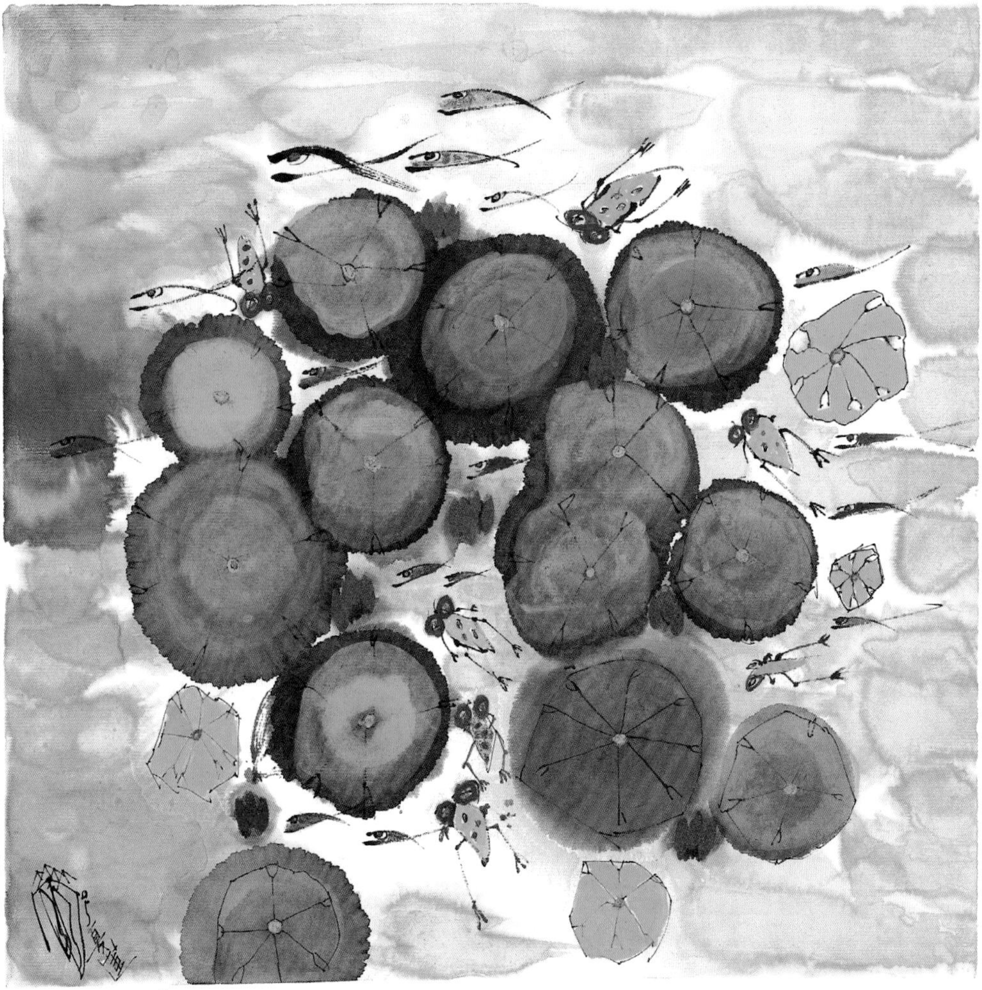

詩·的·觸·角

你猜，青蛙給荷花念的是什麼經？是愛情的三字經——「我愛你、我愛你……」。

手電筒

沒有月亮的時候
我會拿手電筒不停地給黑暗打洞
媽媽說那是給黑暗裝眼睛

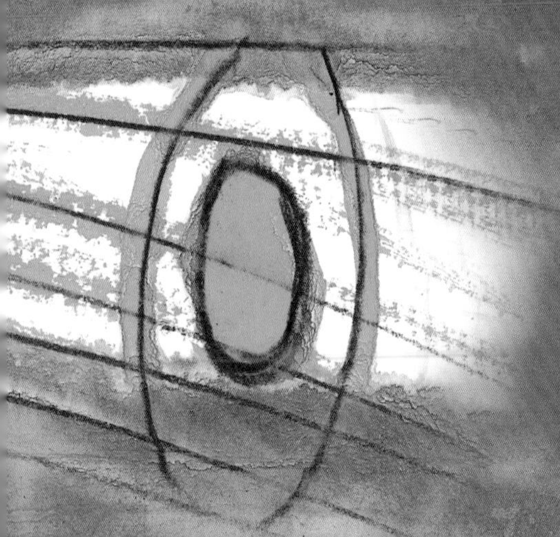

躲在黑暗中，我覺得安全；黑暗包圍著我，又使我擔心。

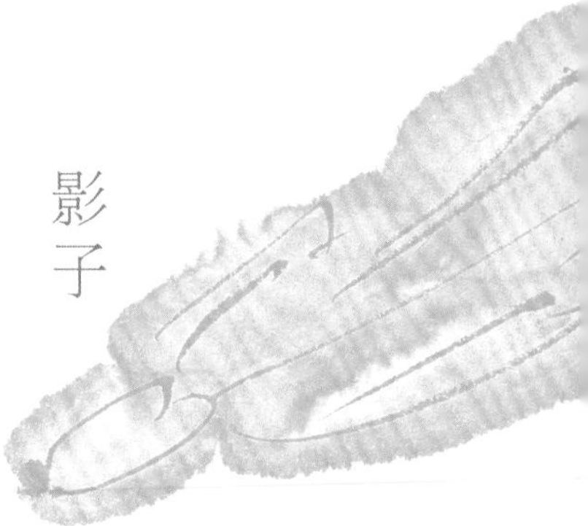

影子

一打開燈，影子就紛紛往牆裡躲進去。
「怕什麼！你們又不是間諜，不會拿你們下酒的。」
「有膽就出來，陪我喝一杯！」
「喝一杯可以，我怕喝醉了走不進牆裡去。」
「那有啥關係，熄燈之後你那兒都可睡。」

詩·的·觸·角

我羨慕我的影子，他跟著我，坐飛機、喝酒、買房子，
從來不花一毛錢，我真想做我的影子。

詩·的·觸·角

銀白色的曇花，嘴唇有點粉紅；夏夜這個穿著星星點點黑大袍的男人，
把所有眼光都盯在她身上了，她孤芳自賞卻又擔心夏夜不安好心，
幸好夜鷺先生打抱不平，凌空抓起夏夜飛去，交回給他的老爸黎明。

曇花

曇花在夏夜的懷裡
嚇得花容慘白低頭不語
一隻夜鷺捉起夏夜凌空而去

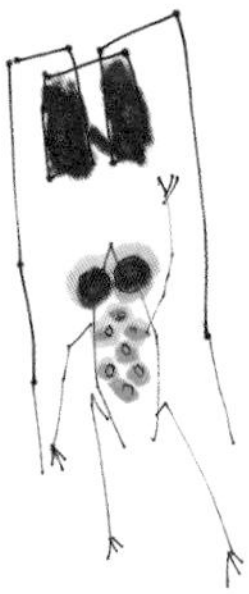

蟾蜍

我要睡覺了
流星呀！把窗簾給我拉上
順便告訴一下蟾蜍先生
小聲選舉，不要吵

詩·的·觸·角

夜山裡的蛙聲，是宇宙的聲音。
到底那是什麼青蛙？什麼蟾蜍？在黑夜裡叫得那麼明白的嗓音，
連鑽到夢裡都清醒。他們都在嚷著什麼？

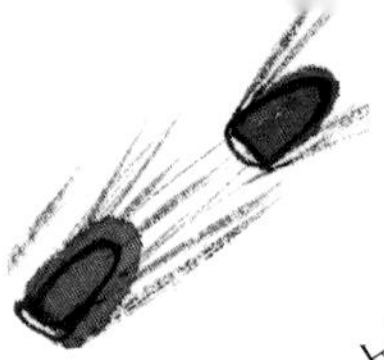

造反

一塊耳屎在他的賊穴裡造反

我就是不想去捉他出來

我就是愛聽這造反的鼓聲！

我就是愛聽這造反的鼓聲嘛！

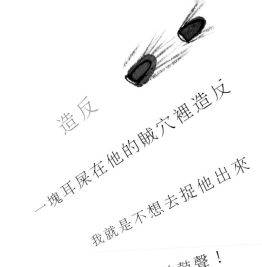

詩．的．觸．角

如果掛了蚊帳，那麼就在蚊帳裡養一隻蚊子，反正你抓得住他，
在這之前，先享受他造反的聲音。
耳裡難得有塊屎，也挺有意思，他癢得轟咚咚地響，多好玩！

肚臍不是眼

一

他是一個潛伏地下的間諜呢
因為潛伏地下太久，自然退化
他成了一個有眼無珠的瞎尊者，眼不見為淨嘛
容易修成正果。這也是退化自然！

二

是眼睛們捉迷藏捉累了
他閉著眼睛躲在褲腰裡
所以你只剩兩隻眼睛在臉上
另一隻躲在肚皮上睡著了。

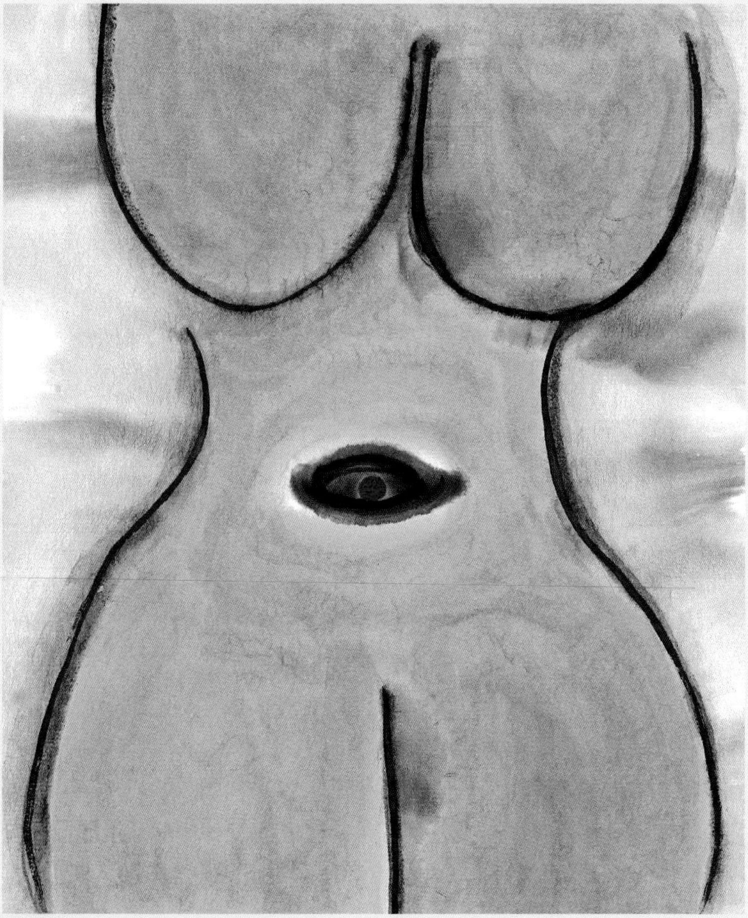

詩·的·觸·角

肚臍眼為何沒長眼珠子？

有人說那是因為他不想看到貪、嗔、癡，這樣容易修行。

也有人說，聰明的眼睛玩累了，躲在肚皮上打瞌睡，沒想到就這樣永遠黏住離不開。

烏鴉一身黑，卻乾淨有力，無論振翅飛起或停在枝頭，都那麼有自信地揮灑自如。

【註】懷素，唐朝大書法家，以狂草著稱。自幼出家為僧，家貧無紙，曾種芭蕉萬餘株，在葉上習字。王羲之，東晉書法家，曾以書法換白鵝，並從鵝的體態領悟書法的運筆之道，後人稱為「書聖」。

烏鴉

烏鴉是一隻沾滿了墨水的筆
他飛的時候是寫懷素狂草
他站在樹枝上是在寫王羲之
還不住地咯咯朗誦著他寫的黑色的詩
不會學他弟弟喜鵲寫黑白相間的詩

鳥魚變

當魚變成了鳥之後
才知道藍的
藍的並不都是海

而鳥可憐呀
他就不知道藍的
不只是
天空

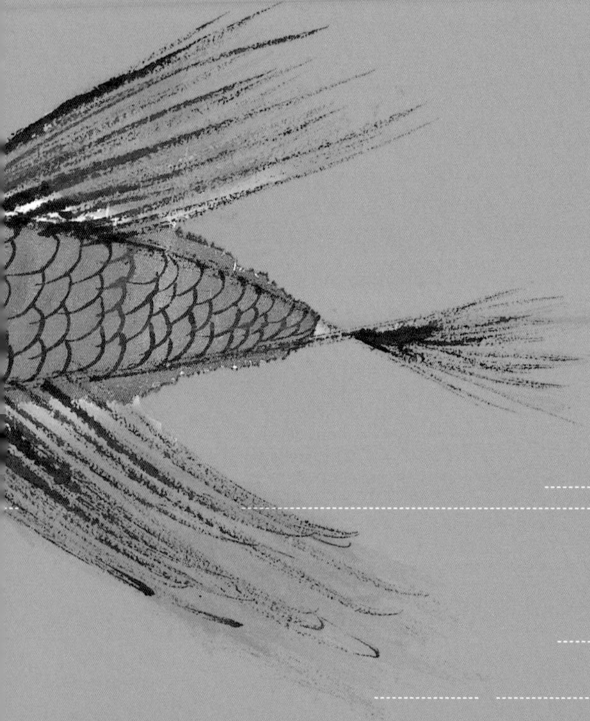

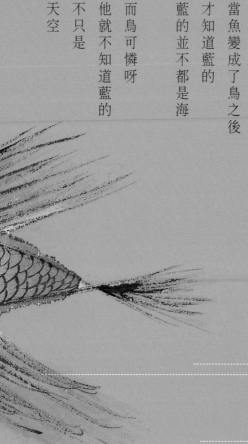

詩・的・觸・角

魚有翅，是有可能飛的。變成鳥的魚，世界觀就會不一樣。

鬍子

每天早晨都是他那把小鬍子
給我打開那兩扇小窗
且經常讓一些夢自窗口溜出去
吃永和豆漿

詩·的·觸·角

我和兒子愛玩鬍子遊戲，鬍子是刷子，可以刷亮那個睡眼惺忪的窗，但你得小心，窗子裡有許多藍的、白的、紅的、香的、甜的夢，讓他跑出去了就追不回。

雀斑詞

你絶對不要把你臉上的雀斑擦掉
我無法承受沒有星星的青空
你不覺得你臉上的星星都在眨眼睛

我愛妻子臉上的小雀斑，雀斑有一種稚氣本質。
但她一心想除掉，她說：「我的雀斑我決定」。
我給她一個建議，要不就在雀斑上裝水晶，
那樣就有兩頰繁星，落難時，還可變賣換點心。

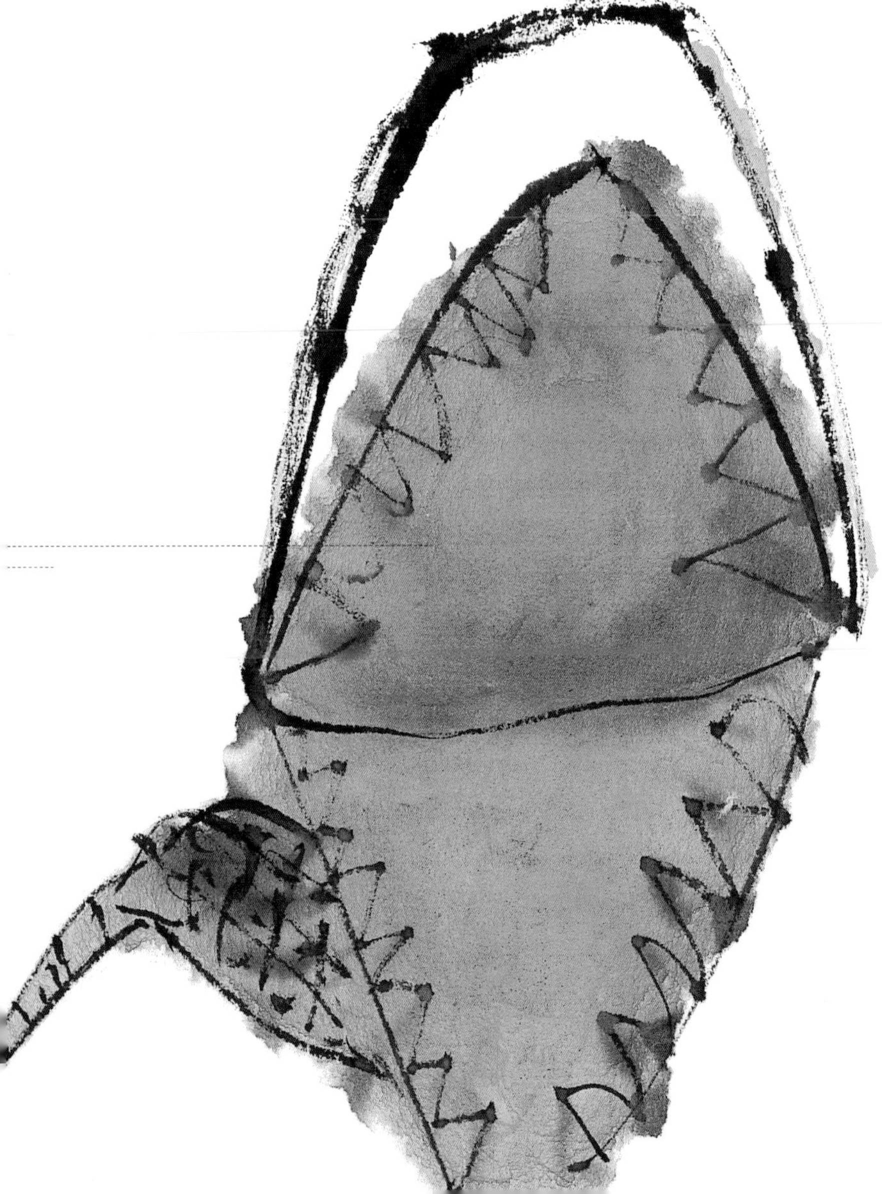

抽水馬桶是匹駱駝

抽水馬桶是消渴症患者張著大嘴
一次就會喝很多水
它是一隻沙漠中的駱駝

你相不相信
它是張著大嘴要咬你的鱷魚

詩·的·觸·角

抽水馬桶的造型應該要更有想像力，
要是馬桶像朵蓮花，不就可以邊上廁所邊修行？

藍

根本都是藍惹來的麻煩
一個願意躺在上面的叫天藍
一個願意在地上滾動的叫海藍
在天藍裡眨眼睛的魚叫星星
在海藍裡游泳的星星叫魚
另外我阿姨叫藍藍
所以她洶湧麻煩

詩·的·觸·角

地球的藍和天空的藍如果對調，
天空、海洋、星星、魚，是不是全都要繞得團團轉？
那麼，我拿著盤子不就能接著從天而降的魚來煎？

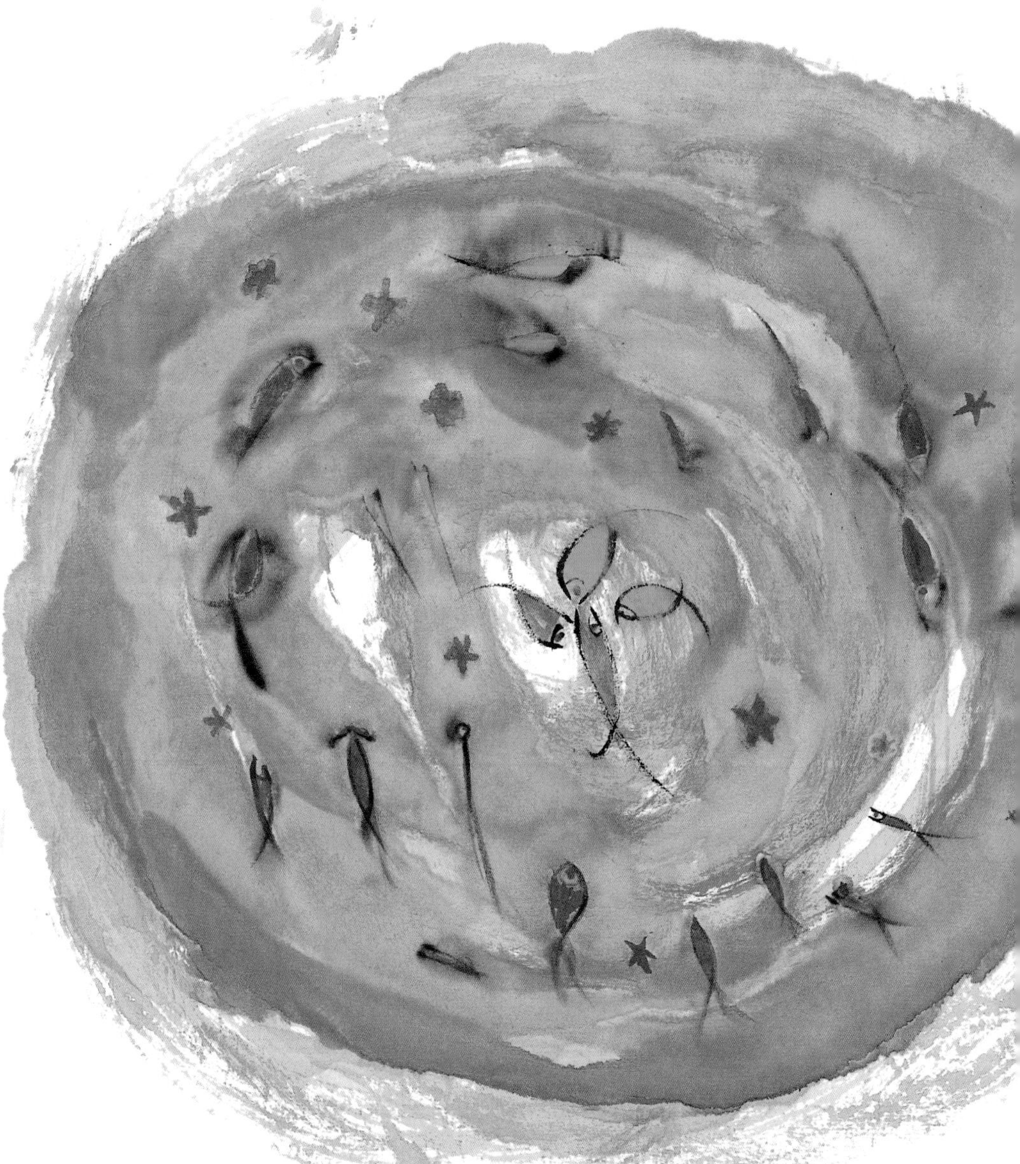

童年時，真愛上學，因為一放學就可以玩得熱呼呼。一群人去淺塘採未熟的菱角，串起來當裝飾，怕濕了褲子，就光屁股下菱角田；農人也真好心，偷走擱在田邊的褲子回去給媽媽，下場你當然想得到……。我和同學們也愛養鳥，偷走屋簷下鳥窩裡的小麻雀，回家用磨碎的小米，一小口一小口餵。後來我養了一隻喜鵲，他總是停在我肩膀上，一路去上學，真是威風。當然，上課時就得藏在抽屜裡，爸爸媽媽和老師都不准養鳥。那種偷偷養小鳥的心情，真過癮。

小學生

一群放了學的小學生
是一群在草原上玩耍的小馬兒
我在那群小馬兒裡找到了一頂
我失落了好久的帽子！

鏡子

那霧擦了一個早晨
才把湖上的灰
擦乾淨
霧那塊抹布卻擦得黑一塊灰一塊的
竟羞得逃上了
天空

詩·的·觸·角

湖是大地的眼睛，天空的鏡子。
我愛在湖邊做點什麼事，躺在澄清湖邊的草堆上看書，在日月潭邊看蘆葦，
在雙連埤的湖邊拍古裝戲；而我最想要的是，在高山湖泊裡望天空。

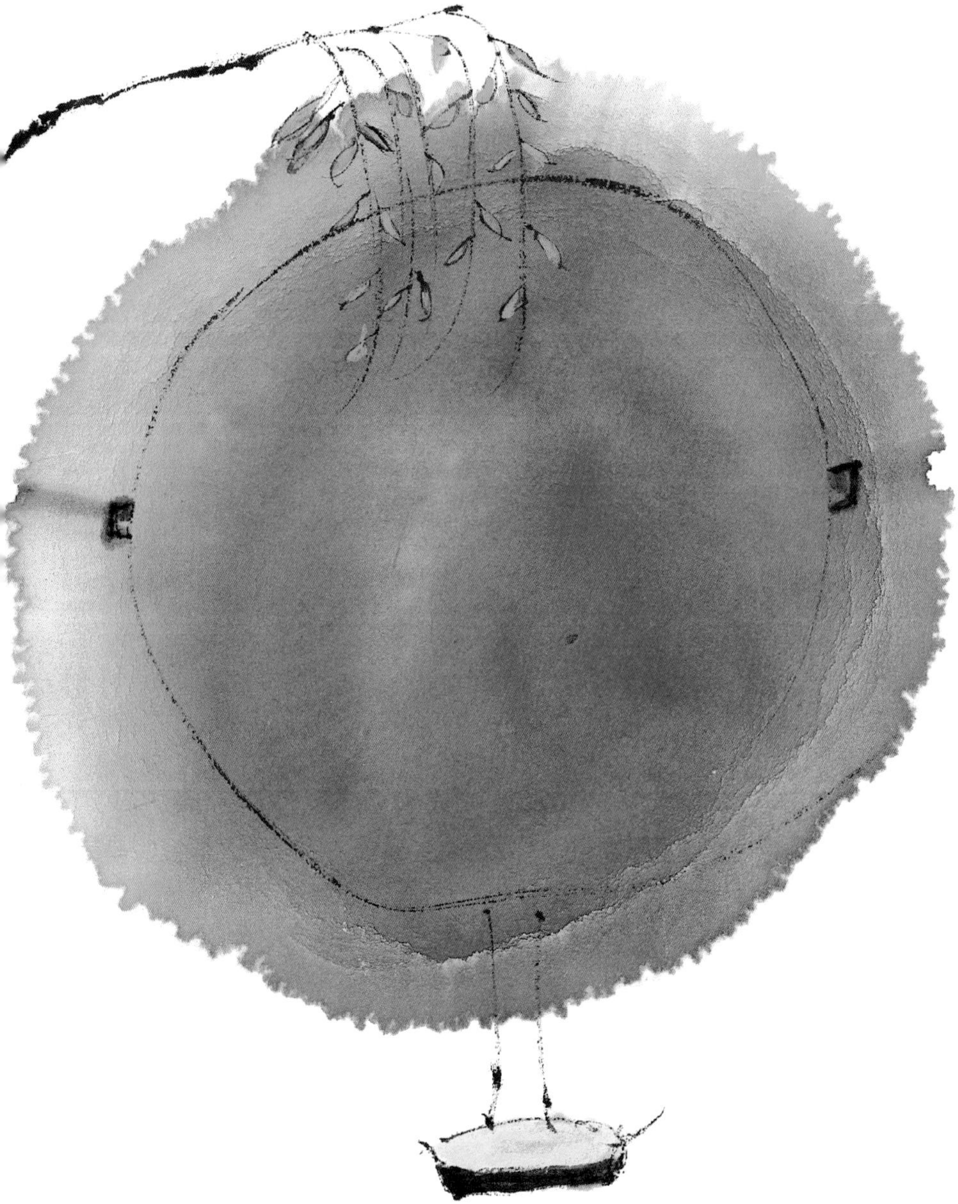

我真想住在鳥窩裡，落葉後，那樣的高度風景一定好，
成群的蜻蜓飛機，在我巢下飄蕩，有時又從巢邊升起一隻蝴蝶。
特別用了迌迌郎這個台灣話，這名詞給我的感覺隨意鬆散，有秋天的味道。

秋這浪子

秋這個𨑨迌郎
昨晚又偷偷住進夏天住過的鳥窩
他說一不要付房租
二又可以躺在鳥窩看半空的蜻蜓

繁星幫

夏夜那一幫繁星
秋天那一大票紅葉
都住進冬家有火爐的客棧
好像水滸傳裡那一幫子英雄好漢

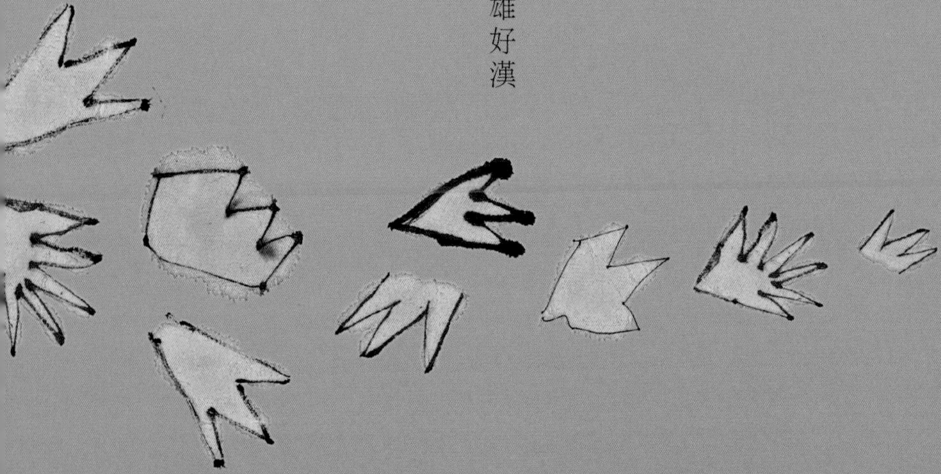

冬天的客棧裡擠進了一票英雄，是從夏季來的天狼星、北斗星那群耀眼的兄弟，
和秋山國那些各個臉紅得像關公的綠林好漢，他們惺惺相惜，
爭著談論季節裡做過的豐功偉業，有一些慷慨激昂，又有一點漂泊感傷。

屋說

門鎖住

屋裡沒有一個人
窗旁的蜘蛛只好努力編織蜘蛛的囉唆

只是想把夕陽這條爛魚網住
沒想到竟網住了一隻命不好的蜻蜓

詩·的·觸·角

黃昏，在一個空屋外隨意探看，霞光正好映著窗旁的蜘蛛，
不知怎的，竟想到客人來時，一緊張就煎糊了的一條爛魚。
煎壞了一條魚，帶著金黃焦色，有時夕陽與彩霞也會這樣糊成一團。

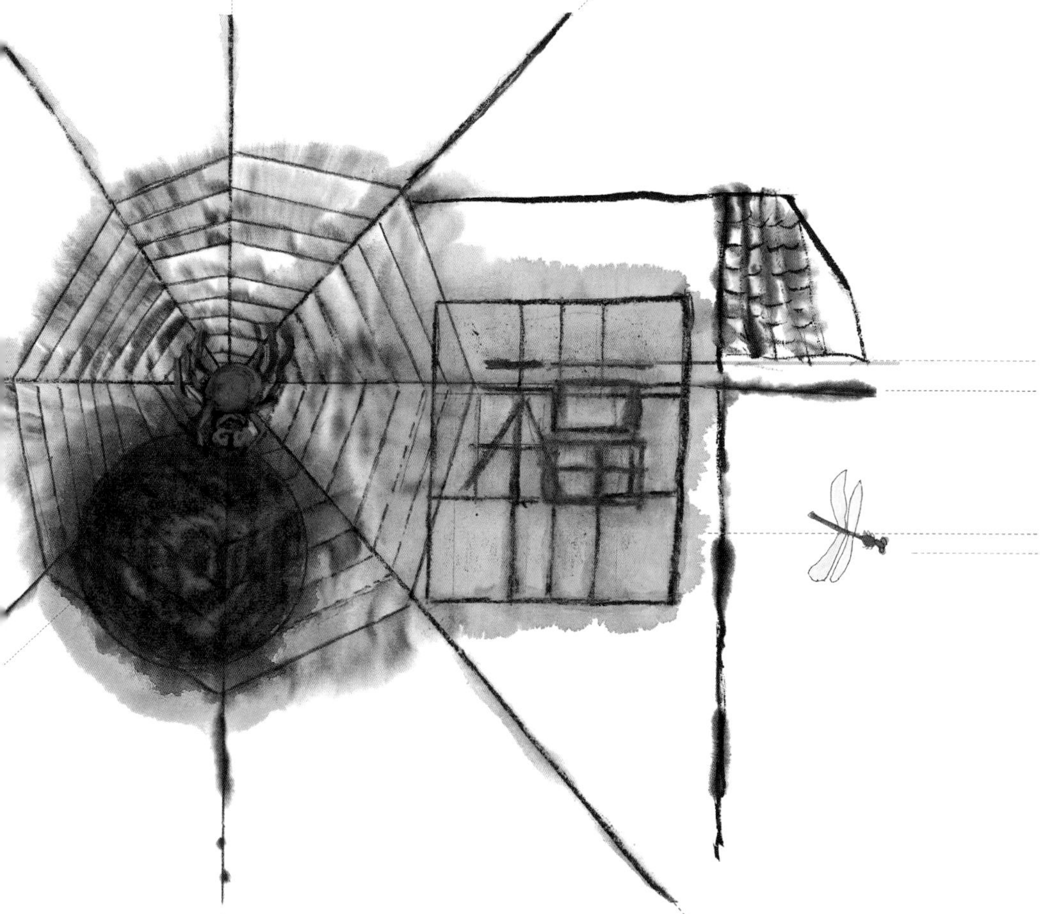

鳥籠

撿到一隻鳥籠
把鳥籠放進客廳

我把鳥籠打開
看清籠裡沒有鳥

我再把鳥籠關緊
我看到我關進了鳥籠

那麼我應該是隻鳥了

不必驚慌　地球也是一隻鳥住在鳥籠
誰不是一隻鳥呢
誰又不是一隻鳥籠呢

詩·的·觸·角

家裡一直有個鳥籠，卻沒養過鳥，有時放一本書進去，
有時放個盆栽，有時放一塊石頭，擺在玄關竟成了客人眼中的裝置藝術。
如果能夠，我想做一個大鳥籠，朋友來，先進鳥籠喝咖啡，
來，我們都是鳥人，在鳥籠這個監獄裡，也會有安全感。

秋之味

一匹狗子
抬腿
尿了一泡尿
在一堆落葉上

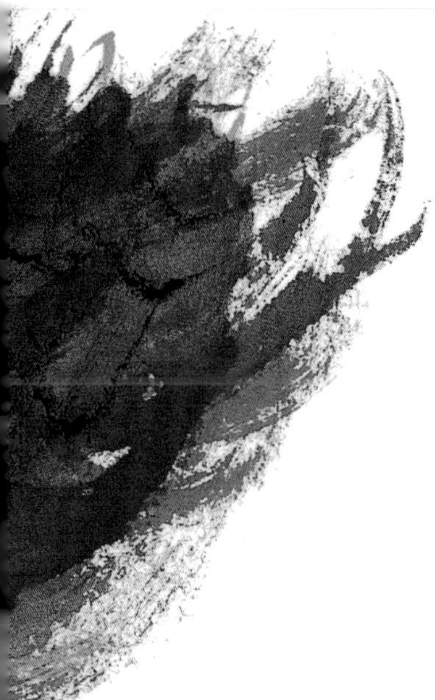

詩·的·觸·角

農人秋收之後，燒著稻草、枯葉，在開闊的原野上，升起一條鬆鬆胖胖的濃煙，那是一種好玩又富饒的景象。

所以
燃燒的葉子
有
秋之味道

秋衣

秋風中有個小孩
把衣裳脫下來
向秋空丟去
你說：「他是梧桐嗎？」
「不！不是！」

我就愛在家裡赤裸裸，天是我衣，地是我床。

蘆葦

從春天的綠到秋天的白
我晝夜守著水做的你
你卻頭也不回帶著落花東去了
鷺鷥知道我日漸消瘦了的身子

詩·的·觸·角

流水無情，晝夜奔走，儘管蘆葦那樣眷戀他，他依舊沒回頭也不停留。
從春到秋，從年輕到白頭，蘆葦始終沒離開水畔，
他在季節裡豐盈、消瘦，日夜守候。

秋老爺

秋天帶著咳嗽
彎著腰　拄著一根披髮的蘆葦來了
一路咳咳嗽嗽的踏著落葉向我走來了
還帶著兩口袋「霜」給我吃
還說已經加了楓糖
我都讀國小了不喜歡吃這些什麼霜
其實他是來向我討帳
我欠了他的債

詩·的·觸·角

秋是收藏的季節，經過了春夏的茂盛生長，穀物要豐收，人要增長智慧，
一切都不能平白度過，因為我用了季節的歲月，
在秋天，必須交出還給歲月的債。古時候，做任何事都要配合月令，
所以季節感也特別濃重，就連處決犯人，也要選在秋天 ──「秋決」。
詩裡，雖然開了秋老爺的玩笑，但事實上，我對秋充滿敬畏。

秋老爹跟我說他的白鬍子
也被白雲借去用了

說著說著秋老爹啪的一口痰
竟吐出了一堆紅葉

真是叫人臉紅了
這位秋老爺爺真的不講衛生！

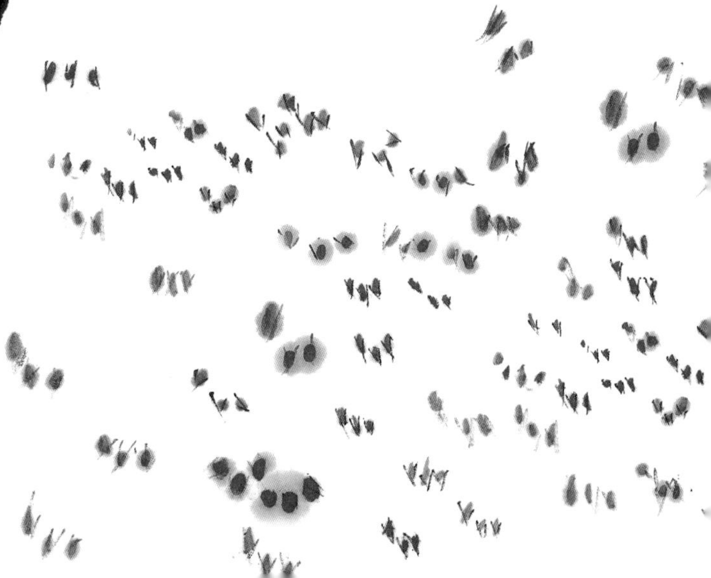

柿也不是

他說柿不是也是
他說不是柿也不柿
大柿小柿正柿醜柿雜柿雅柿
公柿私柿壞柿好柿邪柿臭柿
風流韻柿鳥柿正經柿
無柿找柿鮮柿絕妙柿
怪柿奇柿鬼柿妖柿
國柿家柿天下大柿無所柿柿
多管閒柿
管你個屁！

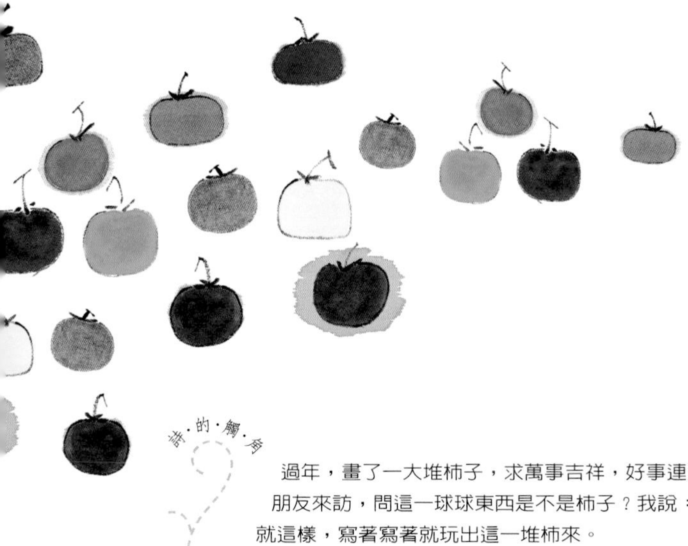

詩·的·觸·角

過年，畫了一大堆柿子，求萬事吉祥，好事連連。

朋友來訪，問這一球球東西是不是柿子？我說：「是柿也不是，不是柿也柿」。

就這樣，寫著寫著就玩出這一堆柿來。

你說，這是詩嗎？柿也不是。要是我遺漏了什麼柿，歡迎你繼續柿一柿！

讀經

到禪寺不是來禮佛
是來參讀禪寺沒有的那本經卷

攤開的經　是山
流動的經　在溪澗
唱誦的經　在樹林
磕睡的經　在眉間

那些念念有詞燒香拜佛的信眾
是念不完的菩提煩惱經

南無阿彌陀佛

雲的經在山頭　雨的經在雲端
淋漓滂沱的經
是夜夜的醍醐灌頂

詩·的·觸·角

在山裡見了一座沒蓋好的廟，還沒蓋好，裡頭肯定沒有經書吧！
不要緊，那寺外山林環繞，卷卷都是經書。
每次到各地旅遊行走，偶爾見到大樹下小小的石頭土地公廟，心裡就覺得暖，無論神、佛，對大自然應該都要有謙卑之心吧！

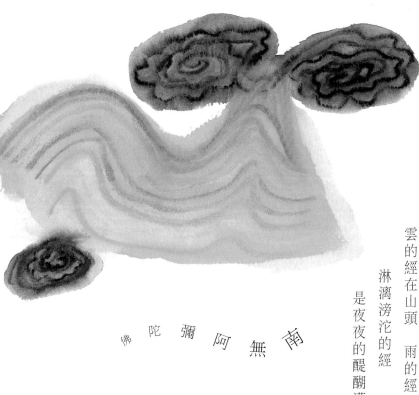

山是一本迷人的書

山是一本迷人的書
你不走進去不知書的好處
你不專心讀也不知書的妙處
小心走路別叫石頭咬住
山呀山呀　你也讀讀我這本小書

詩．的．觸．角

武俠小說之所以迷人，跟山脫不了關係，
俠客劍客怎能沒有山這個舞台。
很多山沒有名字，山裡更有太多未知的事物，
因為這樣，這本書挺難讀，也因為這樣，這本書挺迷人。

燈火

每天晚上　我們都在窗上點上一盞燈
一直點到天亮
我們希望那些奔波於海上的船
都可以看到我們家的燈火

若是所有的濱海人家都有一扇窗向著海
若是每個海上都有窗給的燈火
那麼圍繞著海的是一家一家的燈火
那麼圍繞著燈火的是一海一海的波浪

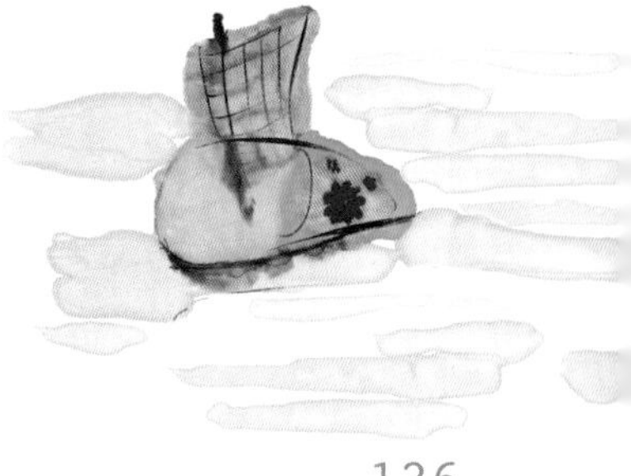

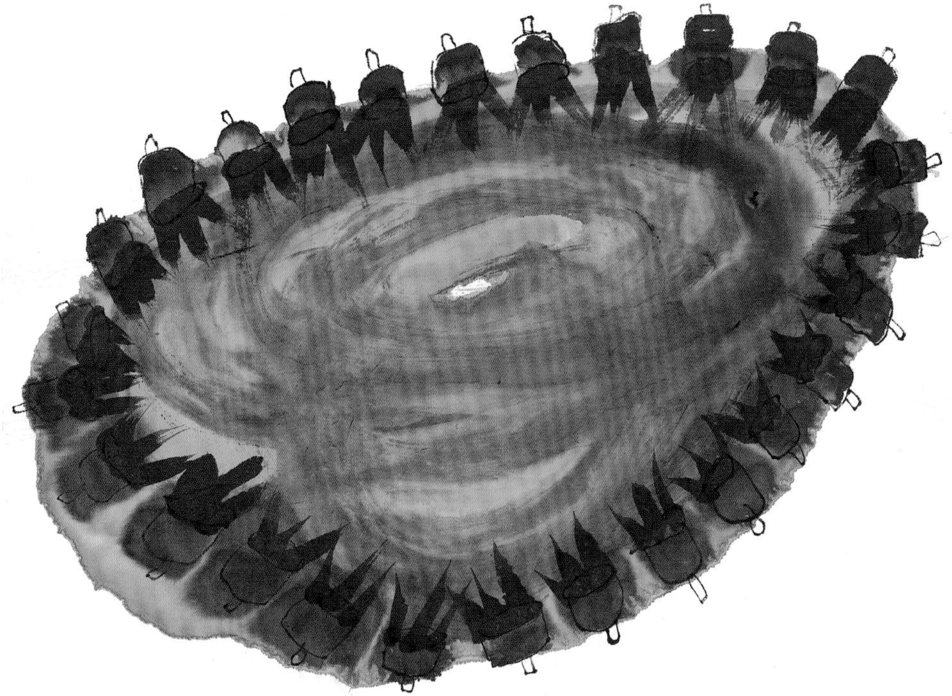

詩·的·觸·角

台灣島沿岸要是都掛了燈，從天空俯瞰，在這座藍色海洋上，就像個發亮的鑲著寶石的海螺；暗夜中的漁船若從四面八方向海螺靠近，又點綴了一圈搖晃的漁火，想想這樣的畫面，很容易有個安心的好眠。

貓頭鷹

秋月把頭低低地垂下來
像那花兒把頭深深地垂下來
看著那隻不停地轉頭的貓頭鷹
「貓頭鷹正在找新娘！」
「不！他在找小偷」
「不！他在找鬼」

詩·的·觸·角

我感覺秋天的月亮是很近的，好像用手就抓得到，
他涼涼圓圓的，像冰淇淋麻糬。
山城夜裡，因為寧靜，月亮似乎更大更亮了，
花也因為寧靜，更香更沉；他們那樣專心地在夜裡傾聽。

吠

深夜之犬
把夜吠成一塊一塊的
丟得滿街都是

一隻黃貓叨著一塊啃著
覺得有老鼠的味道
而我覺得像啃一塊肯德雞

詩·的·觸·角

狗把夜吠得又黑又沉。黑夜，給人很多想像，貓也許想到了老鼠的味道；狗呢？狗喜歡小孩，小孩喜歡肯德雞，狗也許想到了肯德雞的味道。

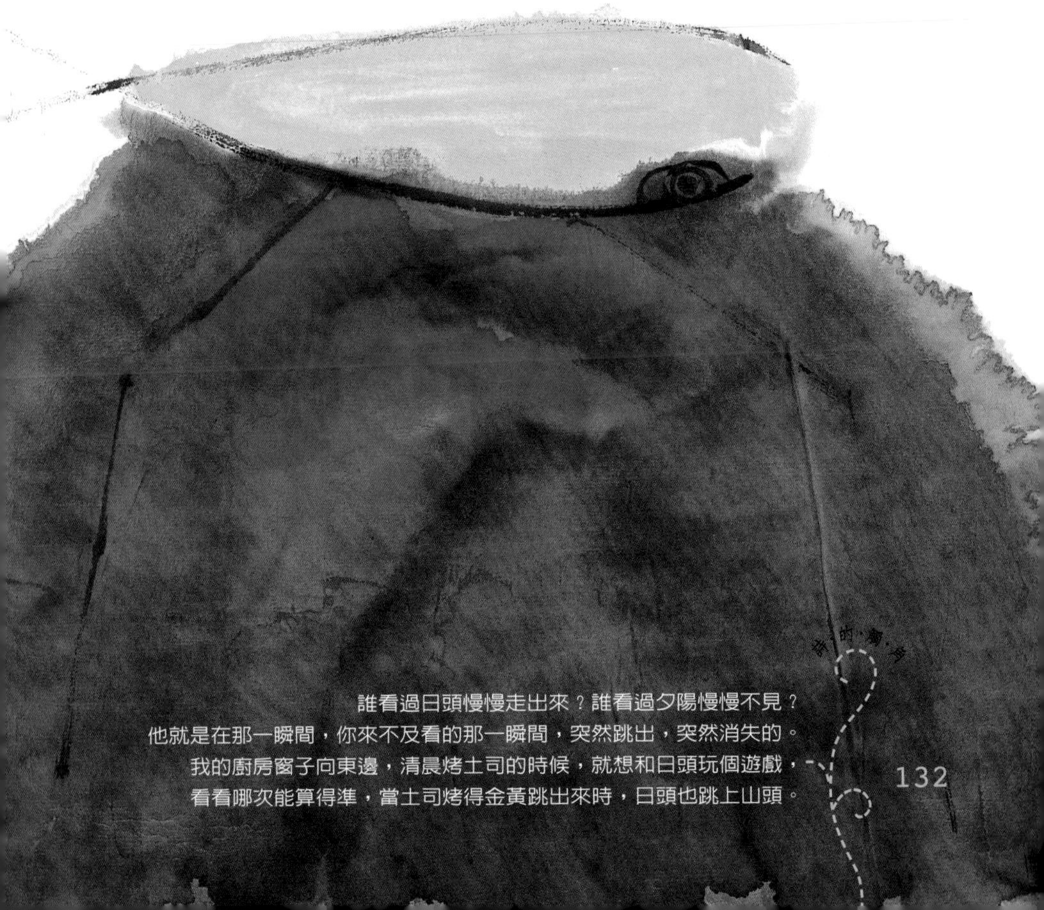

誰看過日頭慢慢走出來？誰看過夕陽慢慢不見？
他就是在那一瞬間，你來不及看的那一瞬間，突然跳出，突然消失的。
我的廚房窗子向東邊，清晨烤土司的時候，就想和日頭玩個遊戲，
看看哪次能算得準，當土司烤得金黃跳出來時，日頭也跳上山頭。

麵包太陽

一大早一尾魚硬是把白肚皮晾在山頭上給我看
你還敢嘴硬說山那邊不是海嗎
弟弟說那是姊姊不小心灑了一桌的牛奶
姊姊說若是牛奶那是灑在姊姊的肚皮上
正說著　一個烤好的麵包跳上來了
老師會說那是日頭
可是吃起來像是媽咪剛烤好的麵包
吃太陽當麵包有什麼不好

四狗幫

一隻白狗狗
一隻黑狗狗
一隻長耳朵狗狗
一隻咖啡狗狗

牠們躲在冬陽鋪好的黃金地毯上睡覺曬太陽
紫色的金龜車開來了
看見狗狗們睡得那麼香
金龜車也變成一隻金龜狗狗睡起來

詩·的·觸·角

冬陽，誰不愛！四隻狗賴在有陽光的馬路上，不肯起來，
車來了，三隻狗理也不理，一隻狗側過頭來探一探，像沒事一樣又躺下，
還輕輕呼了一口氣。開車的人，肯定瞭解狗兒正享受慵懶與日光，
喇叭也捨不得按，把車擱著，準備讓自己也曬一曬。

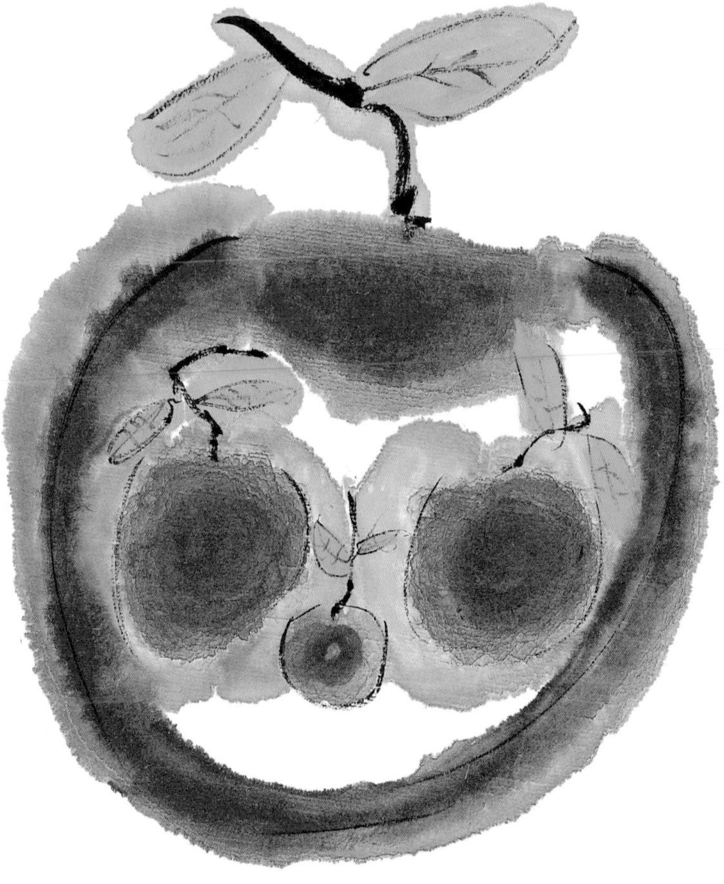

果子臉譜

那個小孩就愛把臉遮起來
原來他臉上熟透了一顆蘋果

一隻小鳥飛來了！
快跑呀小孩！
還是被咬了一口
不過　是媽媽咬的

詩·的·觸·角

北方的冬天，小孩戴上兔毛做成的耳朵護罩，露出兩個紅通通臉頰，像蘋果。這蘋果只准媽媽吃，因為爸爸滿臉落腮鬍。

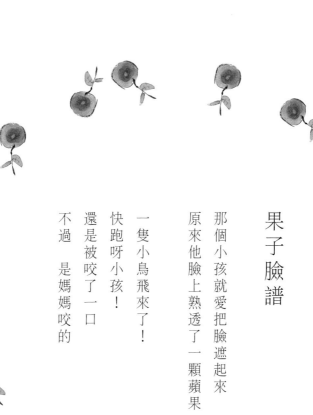

紅

我喜歡夏天落日那個紅

我喜歡冬天遠山上那棵紅

我喜歡夜間路上遠處那一點點煙紅

我喜歡媽媽嘴唇上那一點點胭脂紅

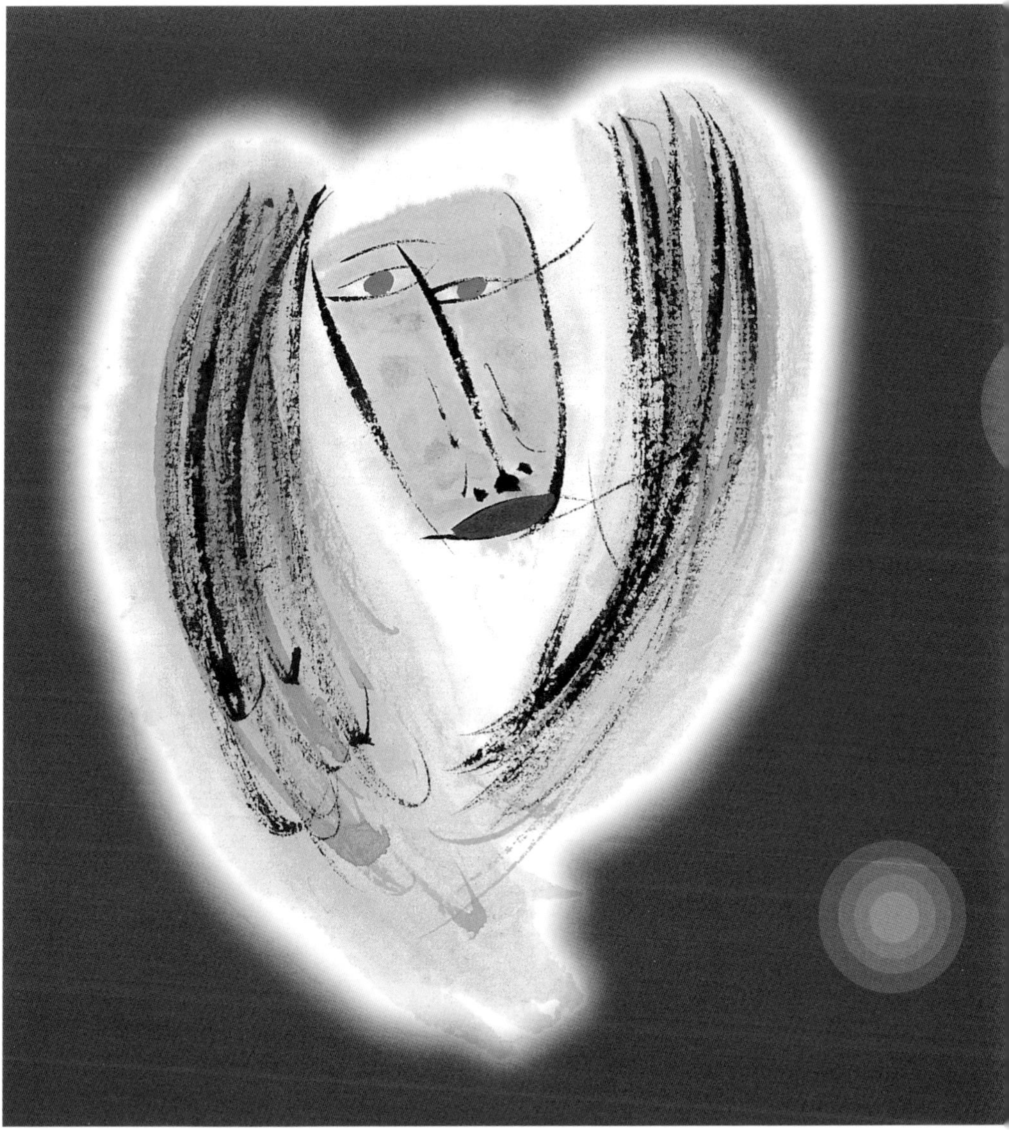

詩·的·觸·角

我喜歡紅，因為冬天，因為離鄉背井，因為怕黑，紅讓我暖和。
紅，屬於夏天，屬於媽媽。

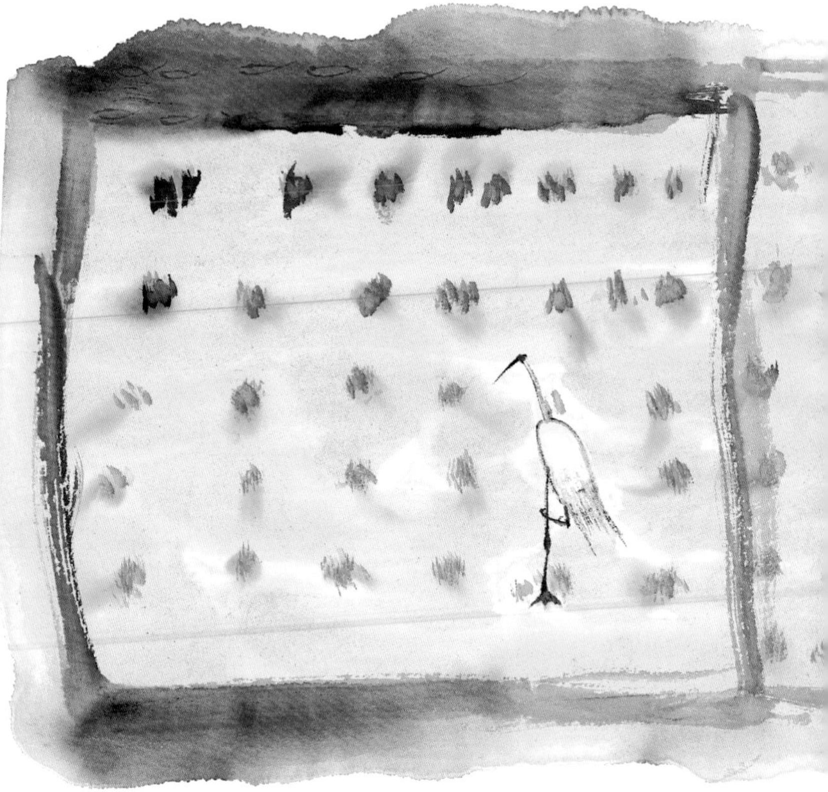

灰蒼蒼的冬季水田，稻子收割後就荒蕪休耕，風吹著冷颼颼的田土水面。
原本一切都已沉靜死寂，卻因為一隻白鷺鷥，
長長的腳踩破水面，尖尖的嘴啄出田裡的一條蟲，
寧靜的畫面就裂開一個激動的小缺口。

鷺鷥

一隻鷺鷥立在傍晚的田裡
那冬日裡被割去青絲的水田突然有了呼吸

有誰能知道那隻鷺鷥要飛向何方
有誰能知道那隻鷺鷥要住在什麼地方

寒寒的風
只顧吹皺那水田裡的白月

冬天的松花江結了硬硬的冰，原本一條江河，竟成了熱鬧的市集，
冰上蓋了房子、開了館子，人們驅車趕集，孩子們也打起冰球。
要是在冰上鑿個洞，不僅可以取水喝，還能釣魚。看著天空的冬月，
覺得他真是冷，冷得像是孩子們踢上去的雪球，又像冰河上鑿下的那一塊冰。

雪球冬月

場園上踢球的男孩
就那一腳把一個
雪球
踢到半空
硬是被凍住
滾不下來了

冰月亮

在松花江上鑿一個洞釣魚
北風這哥們非常的愛管閒事
他用勁一吹
把挖下來的那塊冰
硬給吹上藍空
做了月亮
所以從月亮裡游出一隻鯉魚來

綠指環生活書❶ 腦袋開花
—奇想花園66朵

國家圖書館出版品預行編目

腦袋開花:奇想花園66朵 / 管管 文.圖.
初版.--臺北市：商周出版：
家庭傳媒城邦分公司發行,2006[民95]
面； 公分. -- (綠指環生活書：1)

ISBN 986-124-670-3(平裝)

851.486 95008424

作者·繪圖---管管
副總編輯---徐偉
主編---張碧員
美術設計---周曉瑤
《詩的觸角》採訪整理---張碧員

發行人---何飛鵬
法律顧問---中天國際法律事務所 周奇杉律師
出版---商周出版
城邦文化事業股份有限公司
台北市中山區104民生東路二段141號9樓
電話：02-25007008 傳真：02-25007759
E-mail：bwp.service@cite.com.tw

發行---英屬蓋曼群島商家庭傳媒股份有限公司城邦分公司
台北市中山區104民生東路二段141號2樓
客服服務專線：02-25007718；25007719
24小時傳真專線：02-25001990；25001991
服務時間：週一至週五上午09:30～12:00；下午13:30～17:00
劃撥帳號：19863813；戶名：書虫股份有限公司
讀者服務信箱：service@readingclub.com.tw
網址：http://www.cite.com.tw

香港發行所---城邦（香港）出版集團有限公司
香港北角英皇道310號雲華大廈4/F,504室
電話：25086231 傳真：25789337
馬新發行所---城邦（馬新）出版集團
Cite(M)Sdn.Bhd.(458372U)
11,Jalan 30D/146,Desa Tasik,Sungai Besi,57000,
Kuala Lumpur,Malaysia
電話：603-90563833 傳真：603-90562833
E-mail：citekl@cite.com.tw

印刷---中原造像股份有限公司
總經銷---農學社
電話：02-29178022 傳真：02-29156275

行政院新聞局北市業字第913號

2006年5月初版
定價250元

ISBN 986-124-670-3 Printed in Taiwan